KB266806

끝에서 나는 삶을 만났다

끝에서 나는 삶을 만났다

보호자로 살며 나는
견디는 법이 아니라 사는 법을 배웠다

초 판 1쇄 2026년 04월 17일

지은이 유현정
펴낸이 류종렬

펴낸곳 미다스북스
본부장 임종익
홍보국 김가영
편집장 이예나, 안채원, 김은진
디자인 윤가희, 임인영, 윤영빈
책임진행 국소리, 송가희

등록 2001년 3월 21일 제2001-000040호
주소 서울시 마포구 양화로 133 서교타워 711호, 808호
전화 02) 322-7802~3
팩스 02) 6007-1845
블로그 http://blog.naver.com/midasbooks
전자주소 midasbooks@hanmail.net
페이스북 https://www.facebook.com/midasbooks425
인스타그램 https://www.instagram.com/midasbooks

ⓒ 유현정, 미다스북스 2026, *Printed in Korea*.

ISBN 979-11-7355-874-0 03810

값 18,500원

미다스북스는 다음세대에게 필요한 지혜와 교양을 생각합니다.

보호자로 살며 나는
견디는 법이 아니라
사는 법을 배웠다

끝에서 나는 삶을 만났다

유현정
지음

미다스북스

기적은 최악의
순간에 시작된다

우리가 가장 두려워하는 곳에
우리의 보물이 숨겨져 있다.

조셉 캠벨

나에게 결혼은 어려웠던 가정 환경으로부터의 탈출이자 새로운 삶의 시작이었다. 행복하고 안정된 가정을 이루며 사는 것이 꿈이었다. 하지만 결혼 후의 삶은 내가 상상했던 모습과는 전혀 달랐다. 남편은 늘 여유로웠고, 나는 늘 조급했다. 남편은 오늘이 편하면 되는 사람이었고, 나는 미래를 위해 오늘을 참고 살아야 한다고 생각했다. 우리는 같은 집에 살면서도 서로 다른 시간을 살며 지겹도록 싸웠다. 내일도 함께 있는 게 당연한 줄 알고, 언젠가 끝이 온다는 걸 모른 채 서로를 미워하며 시간을 보냈다.

그러던 어느 날, 남편이 위암 4기 진단을 받았다. 의사가 말한 남은 시간은 고작 6개월.
"남은 기간만큼은 가능한 한 편안하고 행복하게 지내실 수 있도록 해주세요."

의사의 잔잔한 말은 내게 청천벽력처럼 떨어졌다. 사랑이었을까, 오기였을까. 지금 생각해도 그때의 마음이 무엇이었는지 정확히는 모르겠다. 돌아오는 차 안에서 한 생각이 머릿속을 떠나지 않았다.
그래, 기적은 최악의 상황에서 일어나는 거잖아.
조금만 아팠다면 기적이라는 말을 쓸 수나 있었을까.

집에 돌아왔지만 나는 아무것도 할 수 없었다. 침대에 누워 울기만 했다. 나는 멈춰 있었는데 세상은 멈추지 않고 흘러가고 있었다.
그렇게 며칠을 보내다가 문득 지푸라기라도 잡고 싶은 마음이 깊은 곳에서 올라왔다. 무엇이라도 해야 했다. 가만히

프롤로그

있으면 정말로 무너질 것 같았다. 악착같이 뭐라도 해야만 견딜 수 있는 시간이었다. 그래서 내가 할 수 있는 것을 하나씩 찾아보기 시작했다.

6개월이라는 시간을 앞에 두고 가능성을 따질 여유가 없었다. 하나를 알면 그 하나부터 해봤고, 또 다른 방법을 찾아나갔다. 그렇게 하루하루를 버티며 지내다 보니, 바뀐 것은 아무것도 없었는데 세상이 조금 다르게 보이기 시작했다. 그렇게도 미웠던 남편이 아이들과 함께 웃고 있는 모습만으로도 마음이 조용해졌다.

예전에는 지금의 행복보다 미래를 위해 살았다. 돈을 많이 벌어야 행복해질 수 있다고 믿었고, 더 잘 살아야 한다는 생각으로 나 자신과 남편을 끊임없이 몰아붙였다. 그런데 마지막이라는 말을 듣고 나니 생각이 달라졌다. 지금 이 순간이 얼마나 소중한지 그때 처음 알게 되었다. 사람은 누구나 사랑받아 마땅한 존재였고, 어떤 모습의 삶이든 사랑하며 살아갈 이유가 충분했다.

삶이 조금 잔잔해지는가 싶었을 때, 또 다른 일이 우리를

끝에서 나는 삶을 만났다

무너뜨렸다. 남편의 잘못된 선택으로 순식간에 감당하기 어려운 빚이 생겼다. 겨우 상황을 받아들이고 적응하려 하면 또 다른 일이 터졌다. 삶은 나에게 쉴 틈을 주지 않았다.

더는 떨어질 곳이 없다고 생각했는데, 삶은 늘 그보다 조금 더 아래를 보여주었다. 분노와 슬픔이 뒤엉켜 울음이 터졌다. 이미 아픈 남편을 더 괴롭힐 수도 없었다. 소리라도 지를 수 있었다면 조금은 나았을까. 울음 소리가 밖으로 새어나갈까 봐 입을 틀어막고 소리 없이 울었다. 솟구치는 배신감과 슬픔을 아이들에게 들키고 싶지 않았다.

한참을 울고 나서 문득 이런 생각이 들었다.
내가 잘못한 것도 아닌데 왜 내가 더 괴로워해야 하지.
울어봤자 달라질 게 있을까.
그 질문 이후, 나는 하나를 정했다. 더는 나도, 남편도 괴롭히지 않기로. 그리고 다시 마음속으로 말했다.
나는 오늘부터 두 번째 기적 체험자다.

막막한 시간 속에서 책을 읽고 사람들을 찾아다녔다. 살기 위해서였다. 그렇게 사람들을 만나고 이야기를 듣고 돌아오기를 반복하다 보니, 어느 순간 나는 무대 위에서 내 이야기

프롤로그

를 하고 있었다. 숨기고 싶었던 내 이야기를 세상 밖으로 꺼내놓자 그것이 다시 시작할 수 있는 불씨가 되었다. 견뎌냈던 시간들이 앞으로 나아갈 수 있도록 나를 묵묵히 받쳐주고 있었다.

돌아보면 그 시간 속에는 늘 희망이 있었다. 암 진단을 받았던 순간, 살기 위해 공부하며 만난 책과 사람들 속에는 희망이 늘 숨어 있었다. 희망을 놓지 않으니 작은 일상들이 모여 어느새 기적처럼 느껴졌다.

우리는 삶에서 많은 것을 통제할 수 있을 것처럼 살지만, 사실 통제할 수 없는 일들이 더 많다. 병과 절망 같은 일들은 예고 없이 찾아와 우리의 삶을 흔들어 놓는다. 나는 그것들과 싸우느라 많은 시간을 보냈다. 하지만 결국 바꿀 수 없는 것들과 싸우는 동안 내가 잃고 있는 것이 더 많다는 것을 알게 되었다. 그 싸움을 멈추고 받아들이기 시작했을 때, 비로소 보이기 시작한 것들이 있었다. 매일 아침 눈을 뜨는 일, 아이들과 나누는 대화 한마디, 남편과의 짧은 산책, 창문으로 들어오는 햇살 같은 평범한 순간들이었다. 그때 나는 알았다. 특별한 일이 있어서 행복한 것이 아니라, 평범한 하루가 사실은 가장 소중한 시간이었다.

이 책은 특별한 사람의 성공 이야기가 아니다. 평범하게 살던 사람이 무너지지 않기 위해 버티고, 다시 살아가기 위해 선택하며 지나온 시간에 대한 이야기다. 인생의 벼랑 끝에 서 있다고 느끼는 순간에도 삶은 끝나지 않는다. 우리는 다시 살아가고, 다시 선택하며, 다시 길을 만들어 간다.

누군가 어두운 시간을 지나고 있다면, 이 이야기가 작은 불빛이 되기를 바란다. 그리고 어떤 순간에도 자신의 삶을 포기하지 않기를 바란다. 우리는 모두 자신의 자리에서 각자의 기적을 지나며 살아가고 있다.

목 차

1장

나에겐 없었던 행복

1

환영받지 못한 아이

"의사 아니었으면 낳지도 않았어. 지우려고 병원에 갔는데, 의사가 이번엔 틀림없이 아들이라면서 낳으라고 해서 낳았지. 낳고 보니 딸이어서 외할머니도 울고 나도 울고, 네 아빠는 집 뒷마당에서 울더라."

엄마의 이 말은 내 존재의 시작을 설명해 주는 문장이었다.

나는 다섯 번째 딸이었다. 기다림 끝에 태어난 아이였지만, 모두의 기대를 배신하고 태어난 아이였다.

내가 태어난 날, 우리 집에는 기쁨 대신 침묵이 있었다.

동네에서는 우리 집을 '딸 많은 집'이라고 불렀다. 그리고 나는 늘 '딸 많은 집 남동생 본 애'로 불렸다. 한 사람의 이름으로 불린 것이 아니라, 그 집에 속한 사람 중 한 사람처럼 그렇게 불리며 자랐다.

아빠는 내 기억 속에서 늘 누워 계신 분이었다. 일곱 살 무렵, 부엌에서는 엄마가 밥을 하고 있었고, 고기 굽는 냄새가 집안 가득 퍼져 있었다. 나는 이쑤시개에 꽂은 고기를 호호 불며 식히고 있었다. 뜨거워서 금방 먹지 못하고 있는데, 아빠가 나를 보며 말했다.

"현정아, 그거 뭐야? 아빠 좀 줘."

나는 망설임 없이 고기 한 점을 내밀었다. 그게 아빠와 나눈 마지막 대화였다.

며칠 뒤, 엄마의 곡소리가 집안을 가득 채웠다. 안방에는 어른들이 빼곡히 들어차 있었고, 나는 그 다리 사이를 비집고 들어가 아빠를 찾았다. 그러나 아빠는 보이지 않았다. 누런 천에 싸인 채 누군가가 아빠 자리에 누워 있었다.

어른들은 모두 가까이에서 보고 만지는데, 나는 제대로 보지도 못하게 하는 게 이해되지 않았다. 울고 있던 내 귀에 이런 말이 들려왔다.

"어린애가 뭘 안다고 울기만 해. 많이 울면 아빠가 천국에 못 가."

끝에서 나는 삶을 만났다

나는 그 말을 듣고 울음을 삼켰다. 밖으로 나가 하늘을 올려다보았다. 하늘은 아무 일도 없다는 듯 맑았다. 죽음이 무엇인지도 모르는 사이에 아빠는 사라졌고, 집안에는 설명할 수 없는 빈자리만 남았다.

나는 그날 울음을 참는 아이가 되었다. 슬퍼도 울면 안 되는 줄 알았고, 하고 싶은 말이 있어도 참고 있어야 하는 줄 알았다. 마음속 이야기를 밖으로 꺼내기보다 안으로 삼키는 일이 더 익숙한 사람이 되었다.

외할머니는 걸어서 오 분쯤 되는 거리에 살고 계셨다. 하루에도 몇 번씩 우리 집을 오가며 밥을 챙기고 빨래를 걷고, 어린 동생과 나를 돌보는 일은 외할머니 몫이었다. 엄마가 일을 나가면 집은 자연스럽게 외할머니 손으로 돌아갔다. 주말이면 외할머니는 언니들을 새벽같이 깨워 밭으로 나갔다. 밭일을 마치고 돌아온 언니들은 다시 나에게 심부름을 시켰다. 우리 집은 정글 같았다. 늘 분주했고, 목소리는 쉽게 커졌다. 작은 집안에서 감정은 부딪히고 맴돌았다.

열 살이 되던 해 여름, 외할머니에게 혼이 나고 집 밖으로 나왔다. 햇빛이 눈을 찌를 듯 쏟아졌고, 나는 눈을 가늘게 뜨고 하늘을 올려다보았다.

"아빠, 나 보고 있지?"

대답은 없었다.

나는 한참을 서 있다가 다시 집으로 들어갔다. 혼난 이유
도, 집안의 소란도 그대로였다. 그날 이후 나는 자주 하늘을
올려다보는 아이가 되었다.

어느 날, 집에서 놀고 있을 때 전화가 울렸다. 내 옆에 있
던 동생이 먼저 수화기를 들었다. 짧게 몇 마디를 듣더니 아
무 말도 하지 않고 밖으로 나갔다. 나는 그 모습이 이상해서
뒤따라 나섰다.

동생은 뒤도 돌아보지 않고 걸어갔다. 내가 따라오는 걸
아는지 모르는지 계속 앞만 보고 걸었다. 도착한 곳은 외할
머니 집이었다.

나는 문 앞에 서 있었지만 안으로 들어가지 못했다. 안방
에서 웃음소리가 새어 나왔다.

"사이즈가 잘 맞네!"

"아이구~ 예쁘다."

문틈 사이로 보인 건 새 옷을 입고 서 있는 동생의 모습이
었다. 나는 그대로 그 자리에 엎드렸다. 왜 동생만 불렀는지,

끝에서 나는 삶을 만났다

왜 나는 찾지 않았는지, 아무도 설명해 주지 않았다.

엄마는 내게 보자기를 풀어 보이며 말했다.

"이건 미국에서 온 거야. 더 좋은 옷이야."

하지만 그 안에서 풍겨오는 냄새는 익숙했다. 다른 집에서 건너온 옷마다 나던 나프탈렌 냄새였다.

나는 보자기를 잡아당겼다.

"맨날 내 옷은 미국 거래."

"엄마가 얻어오는 옷이랑 똑같은 냄새 나잖아. 내가 속을 줄 알아?"

말이 끝나기도 전에 울음이 터졌다.

마을에서는 우리 집을 모르는 사람이 없었다. 길을 걸으면 늘 비슷한 말이 들려왔다.

"너희는 엄마한테 잘해야 된다. 힘들다고 도망갔으면 어쩔 뻔했어."

그 말은 나를 향해 하는 말이 아니었지만, 이상하게도 내 안으로 깊이 들어왔다. 중학생이 되면서부터는 사람을 마주치는 일이 부담스러워졌다. 버스를 탈 때면 정류장에서 떨어진 골목에 숨어 있다가, 버스가 보이면 그때 뛰어나가 타거나 아예 다른 정류장까지 걸어갔다. 그 길 위에서 나는 점점

1장 나에겐 없었던 행복

말수가 줄어들었다.

　우리 집은 마을 꼭대기에 있었다. 저녁이면 장독대 옆 담벼락에 까치발을 들고 서서 아래를 내려다보았다. 시선은 늘 친구네 집에 머물렀다. 불이 켜진 거실에서 가족들이 웃고 있는 모습은 다른 세상의 장면 같았다.
　그 집 불이 꺼지면 내 세상도 같이 어두워졌다. 바람이 옷깃 사이로 스며들었고, 나는 그 자리에 한동안 서 있었다. 캄캄한 하늘을 올려다보았다. 수많은 별 중에서 어느 것이 아빠의 별인지 알 수 없었지만, 그래도 한참을 바라보았다.

　방으로 들어와 이불 속에 누워 조용히 중얼거렸다.
　"아빠, 다 보고 있지? 오늘은 나 꼭 데리러 와."
　대답은 없었다.
　나는 창문을 조금 열어 둔 채 잠이 들었다. 별빛이 방안으로 들어오기를 바라면서.
　어느 날은 울지 않았고, 어느 날은 아무 말도 하지 않았다. 대신 창틀에 턱을 괴고 한참을 서 있었다. 별은 늘 그 자리에 있었고, 나는 그 아래에서 조금씩 자라고 있었다.

끝에서 나는 삶을 만났다

2

공부할 필요 없는
아이라고 믿었던 시간

중학교에 입학했다. 집에서 따로 공부해 본 적은 없었고, 중학교에 가서도 마찬가지였다. 친구들도 나처럼 지낼 거라 생각했다. 시험 결과를 받아들고 가슴이 철렁 내려앉았다. 등수가 적힌 종이를 들고 있는 내 손가락 끝이 떨렸다. 친구들은 반에서 10등 안에 드는 상위권이었고, 나는 30등을 훌쩍 넘어, 하위권에 자리했다. 그 차이를 눈으로 확인하는 순간, 얼굴은 화끈거리고 어디에도 숨을 곳이 없는 기분이었다. 부끄러움이 파도처럼 밀려와 온몸을 적셨다.

3학년이 되자 친구들이 "같은 고등학교에 가보자"라며 내게 손을 내밀었다. 쉬는 시간은 물론 점심시간에도 밥을 급히 먹고 등나무 그늘이나 비어 있는 교실로 향했다. 책장을 넘기는 소리, 연필이 종이를 스치는 소리, 친구들의 숨소리가 조용히 이어졌다. 그 안에 앉아 있으면서도 처음에는 내가 그 자리에 있어도 되는 사람인지 확신이 서지 않았다. 이해되지 않던 공식이 머릿속에서 퍼즐처럼 맞춰질 때마다 작은 기쁨이 꽃봉오리처럼 피어났다. 문제를 풀고 난 뒤에도 한동안 그 자리를 떠나지 못하고, 다시 문제를 들여다보며 확인했다. 틀리지 않았다는 걸 몇 번이고 확인하고 나서야 다음 장으로 넘어갈 수 있었다.

1학기 시험이 끝나고 담임선생님이 성적이 놀랍도록 향상된 학생이 있다고 말했다. 내 이야기일 거라고는 생각하지 않았다. 그 말을 듣는 동안에도 내 이름이 불리지 않기를 바라는 마음과, 그럼에도 혹시 하는 마음이 뒤섞여 있었다.

"자, 유현정 일어나 보자."

교실 안 모든 시선이 내게 쏟아졌다. 혹시 친구 답안지를 베꼈다고 오해받는 건 아닐까 싶어 얼굴이 화염처럼 달아올랐다. 얼떨결에 자리에서 일어섰다.

"현정이가 성적이 크게 올라 인문계 고등학교에 갈 수 있게 되었어. 다 같이 박수 쳐주자!"

끝에서 나는 삶을 만났다

순식간에 교실은 박수와 환호성으로 가득 찼다. 나를 도와준 친구들의 얼굴에는 기쁨이 넘실거렸다. 처음으로 맛본 성취감에 가슴이 풍선처럼 부풀어 올랐다.

집에 가는 길, 웃음은 내 안에서 샘물처럼 솟아올랐다. 버스 창밖으로 스치는 풍경도 유난히 선명하게 보였다. 봄날의 꽃들이 나를 축하하듯 환하게 빛났다. 버스에서 내리자마자 달리기 시작했다. 숨이 턱까지 차올라도 멈추지 않았다. 현관문 앞에서 큰 숨을 한번 들이마시고, 가슴에 손을 얹고 문을 열었다.

"엄마! 담임선생님이 나도 인문계 고등학교 갈 수 있대. 이번에 공부 열심히 해서 성적이 많이 올랐다고 박수도 쳐줬어!"

엄마의 얼굴에는 어색한 미소만이 떠올랐다. 밝지도, 어둡지도 않은 묘한 표정으로 엄마가 말했다.

"그래, 그런데 미안해서 어떻게 하나. 현정이는 인문계 고등학교 못 가. 상업고등학교 갔다가 취직해야지."

엄마의 안경 사이로 투명한 물방울이 흘러내렸다. 나는 현관 앞에 얼어붙은 듯 서 있었다. 조금 전까지 몸 안에 가득 차 있던 감각이 한순간에 사라진 것처럼 느껴졌다.

고등학교에 가서도 공부는 뒷전이었다. 어차피 대학에 갈 것도 아니었으니까. 1학년 때부터 아르바이트를 시작했다. 일을 마치고 나면 마을 안까지 들어가는 버스는 이미 끊긴 시간이었다. 마을 입구에서 칠흑 같은 어둠 속을 20분은 걸어 들어가야 했다. 고요한 어둠 속을 걸으며 가끔 밤하늘의 별을 올려다보곤 했다. 별빛은 차갑고도 선명했다. 잠깐 걸음을 멈추고 바라보다가 다시 발을 옮겼다. '내 미래도 저 별들처럼 반짝일 수 있을까' 하고 꿈꾸었지만 차가운 밤공기가 헛된 꿈이라는 것을 알려주는 듯했다. 집에 도착하면 11시가 훌쩍 넘었다. 늦게까지 일하고 다음 날 학교에서는 대부분 책상에 엎드려 잠만 잤다. 피곤함보다 더 무거운 건 내일도, 모레도, 그 이후로도 똑같은 날들이 끝없이 기다리고 있다는 생각이었다. 나는 집에 가는 길에 아무 생각도 하지 않으려고 계속 바닥만 보며 걸었다.

그런데 고등학교에서 회계를 배우기 시작하면서 손이 멈추는 순간이 생겼다. 숫자가 맞아떨어질 때마다 시선이 한 번 더 머물렀다. 복잡하게 보이던 것들이 정리되는 느낌이었다. 차변과 대변이 정확히 맞아떨어지는 순간, 잃어버렸던 퍼즐의 마지막 조각을 찾은 것 같은 감각이 올라왔다. 손에 쥔 펜을 내려놓지 못하고 한 줄을 다시 따라 내려갔다. 2학년이 되면서 아르바이트를 그만두고 엄마에게 자격증 학원을 보내달라고 조심스레 청했다. 목소리가 떨렸다.

"엄마, 내가 자격증 많이 따서 좋은 곳에 취업할게. 꼭 돈 많이 벌어서 엄마한테 줄 테니까 학원 좀 보내줘."

엄마는 쉽게 대답하지 못했다. 한참을 고민하다가 허락해주었다. 회계 학원을 다니며 자격증을 하나씩 따기 시작했다. 처음부터 차곡차곡 쌓아가는 배움의 과정이 신기할 만큼 즐거웠다. 처음으로 무언가를 진정 이해하게 된 것 같았고, 잘할 수 있다는 자신감이 내 안에서 피어났다. 오랜 가뭄 끝에 단비를 맞은 땅처럼 내 마음은 생기를 되찾았다.

상업고등학교 졸업을 앞두고 삼성전자 채용 공고가 눈에 들어왔다. 엄마와 상의한 뒤 이력서를 제출했다. 대기업에 들어가면 가족에게 든든한 버팀목이 될 수 있으리라 믿었다. 얼마 지나지 않아 취업 담당 선생님이 교무실로 나를 불렀다.

"너는 회계 자격증도 많이 땄고, 회계를 좋아하잖아. 그런데 왜 삼성전자에 이력서를 냈어?"

나는 잠시 망설이다가 말했다.

"돈 많이 준다고 해서요."

말을 꺼내는 순간, 그 문장이 나 자신에게도 낯설게 들렸다. 선생님은 한동안 아무 말 없이 책상 위 서류를 넘기셨다. 교무실에는 선풍기 돌아가는 소리만 맴돌았다.

"돈은 중요하지. 그런데 네가 오래 할 수 있는 일을 먼저 생각해 봤으면 좋겠다."

나는 고개를 숙였다.

그때까지 나는 얼마를 버느냐만 생각했지, 어떤 일을 하며 사느냐는 생각해 본 적이 없었다. 선생님은 회계 사무소를 소개해 주겠다고 했다. 급여는 삼성전자보다 많지 않을 수도 있지만, 실무를 제대로 배우면 오래 갈 수 있는 길이라고 말했다. 그 말이 정답인지 확신할 수는 없었다. 다만 그날 처음으로, 돈이 아니라 방향을 이야기하는 어른을 만났다는 사실은 분명했다.

선생님의 추천으로 회계 사무실에 첫발을 디뎠다. 처음엔 영수증 정리와 단순한 전표 입력이 내 업무였지만, 시간이 흐르면서 세금 신고 업무까지 배우게 되었다. 매달 바뀌는 세법을 익힐 때마다 성취감이 밀려왔다. 스스로를 '공부할 필요 없는 아이'라고 여겼던 내가 끊임없이 배우고 성장하는 자신을 발견하는 순간이었다.

끝에서 나는 삶을 만났다

세금 신고 기간이 다가오면 밤 12시는 기본이었고, 새벽 2시, 3시에 퇴근하는 날도 이어졌다. 마지막 버스는 11시면 끊겼다. 엄마가 데리러 오지 않으면 집에 갈 방법이 없었고, 늦게 끝나는 날마다 잠든 엄마를 깨워야 했다. 엄마는 실습생 월급으로는 기름값도 안 나온다며 피곤한 목소리로 한숨을 쉬었다. 그 한숨 섞인 말이 밤공기를 타고 가슴에 박혔다. 그런 날이 반복되자 나도 지쳤고, 엄마도 지쳤다.

입사한 지 1년쯤 되었을 무렵이었다. 늦은 퇴근으로 매번 실랑이가 벌어지는 모습을 보던 언니가 LG전자 신입 사원 모집 이야기를 꺼냈다. 돈을 벌어서 차도 사고, 나중에 다시 회계 사무실로 돌아가면 되지 않겠냐는 현실적인 이야기였다. 엄마도 2년만 다니다가 그만두자고 했다. 나는 그렇게 회계 일을 정리하고 LG전자에 입사했다.

처음에는 모든 것이 새로웠다. 사번을 외우고, 출입증을 찍고, 정해진 자리에 앉아 하루를 시작했다. 월급날 통장에 찍힌 숫자를 몇 번이나 확인했다. 안정적인 수입은 생각보다 빨리 사람을 안심시켰다.

2년만 다닐 생각이었다. 그런데 2년이 지나고, 5년이 지나고, 10년이 지났다. 어느새 15년이라는 시간이 그 자리에 놓여 있었다. 나는 매일 같은 시간에 일어나 같은 길로 출근했다. 같은 자리, 같은 사람, 같은 일. 퇴근길 가로등의 위치까지 익숙해질 만큼 모든 것이 변하지 않았다. 그렇게 나는 조금씩 익숙해졌고, 조금씩 무뎌졌다.

회사에서 돌아오는 길, 문득 밤하늘을 올려다보는 날이 있었다. 별빛이 또렷한 날이면 고등학생 시절 걷던 어두운 골목이 떠올랐다. 그때도 나는 고개를 들고 하늘을 보며 걸었고, 지금도 그렇게 서 있었다. 시간은 많이 흘렀는데, 나는 여전히 같은 자리에서 같은 하늘을 보고 있는 것만 같았다.

그때 들었던 말들이 문득 귓가를 스쳤다.

"딸인 줄 알았으면 낳지 않았다."

"너희 엄마가 안 버리고 살아주는 것만으로도 고마운 줄 알아라."

그 말들은 사라지지 않았다. 마음속 어딘가에 오래 남아 있다가, 아무렇지 않은 순간에 다시 떠올랐다. 마치 깊은 숲속에서 울린 메아리처럼, 잊었다고 생각한 말들은 시간이 지나도 조용히 돌아왔다.

나는 한동안 그 말을 내 이야기처럼 믿고 살았다. 공부하거나 꿈꾸기보다는, 그저 버티며 살아야 한다고 생각했다. 그렇게 지내는 동안 나는 스스로를 점점 작게 만들었다. 내가 할 수 있는 일도, 내가 원하는 삶도 처음부터 정해져 있는 것처럼 여기며 살았다.

그런데 가만히 돌아보니 이상한 일이었다. 나는 한 번도 나 자신에게 그런 말을 한 적이 없었다. 그 말은 내 마음에서 나온 말이 아니었다.

나는 시간이 흐르면서 조금씩 다른 말을 나에게 해 주기 시작했다. 과거의 기억이 아프게 올라오는 날이면, 마음속에 있는 어린 나에게 조용히 말을 건넸다.

"넌 공부할 필요 없는 아이가 아니야. 네가 원하는 걸 찾아 나가는 소중한 사람이야."

나는 오랜 시간 다른 사람의 말로 나를 이해하며 살았다. 이제는 조금 서툴러도, 내 말로 나를 만들어가며 살아가고 있다.

두 줄이 인생을 바꾸던 날

그는 어릴 적 동네 오빠였다. 같은 마을에서 자랐지만 특별히 가까운 사이는 아니었다. 시간이 흐르며 자연스럽게 잊힌 이름이었다. 성인이 된 어느 날, 퇴근길에 동네에서 우연히 마주쳤다. 먼저 나를 알아보고 웃었다.

"현정이 맞지?"

그의 웃음은 예전과 다르지 않았다. 크지도, 과하지도 않았고 그저 편안했다.

나는 늘 걱정이 많은 사람이었다. 무슨 일을 하든 먼저 계산하고, 혹시 모를 상황을 대비했다. 기대하기보다 대비하는 쪽이 더 익숙했다. 그는 달랐다.

"뭘 그렇게까지 생각해? 일단 해 보자."

가볍게 말하고, 가볍게 웃었다. 그런데 그 가벼움이 이상하게도 불안하지 않았다.

그와 함께 있으면 마음이 조금 가벼워졌고, 우리는 특별한 계기 없이 자주 만났다. 거창한 고백도, 극적인 장면도 없었다. 다만 자연스럽게 시간이 겹쳐졌다. 그와 있는 시간은 복잡하지 않았다. 나답게 있어도 되는 시간이었다.

그와 만난 지 3년이 되던 해, 겨울이 끝나갈 무렵이었다. 야간 근무를 마치고 돌아온 토요일 아침, 집안은 아직 조용했다. 몸은 피곤했지만 이상하게 잠이 오지 않았다. 며칠째 설명하기 어려운 예감이 따라다녔다. 집으로 돌아오는 길에 약국에 들러 작은 상자를 하나 샀다.

가방 속에 넣어 두었지만 쉽게 꺼내지 못했다. 무거운 비밀을 들고 있는 기분이었다. 방 안에 들어와 한참을 가방만 바라보았다. 상자를 손에 쥐고 화장실로 들어갔다. 눈을 질끈 감았다가 천천히 떴다. 테스트기에는 두 줄이 나란히 서 있었다. 나는 한동안 세면대를 잡고 움직이지 못했다. 설명서를 다시 펼쳐 읽어보았지만 글자는 변하지 않았다. 방안 공기는 묘하게 달라져 있었고 가슴은 빠르게 뛰었다. 기쁨인지 두려움인지 구분할 수 없는 감정이 한꺼번에 밀려왔다.

'임신'

그 단어를 떠올리자 점점 두려움이 커지기 시작했다.

열아홉에 사회에 나와 번 돈은 대부분 집에 보냈기에 나를 위한 저축은 거의 없었다. 그도 경제 활동을 시작한 지 얼마 되지 않았던 때였다. 현실의 무게는 생각보다 무거웠다. 가슴 속에서 터져 나오는 감정을 주체할 수 없어 눈물이 계속 흘러내렸다.

거실에서 등을 돌리고 누워 혼자 눈물을 삼켰다. 가족들에게 내 상태를 들키고 싶지 않았다. 하지만 홀로 견디기엔 마음이 너무 무거워 그에게 전화를 걸었다. 그가 졸린 목소리로 대답했을 때, 내 안의 불안과 두려움은 더욱 커져만 갔다.

"오빠, 지금 우리 집 앞으로 와줘."

"왜? 나 지금 자려고 했는데 나중에 얘기하면 안 돼?"

"응. 지금 바로 와야 해. 급하고 중요한 일이야!"

20분 후, 주차장 앞 벤치에 마주 앉았다. 나는 떨리는 손으

끝에서 나는 삶을 만났다

로 테스트기를 건넸다. 그의 얼굴에 스친 당혹감과 혼란을 보며 내 마음도 갈피를 잡지 못했다. 나는 준비되지 않은 상태에서 감당해야 할 현실을 먼저 이야기했다. 마음만으로 해결할 수 있는 일이 아니니 현실적으로 생각해 보자고 말했다.

내 말에 그의 대답은 의외로 단호했다.

"고민을 왜 해? 앞으로 어떻게 될지는 몰라도 복잡하게 생각하지 말자. 당연히 낳아야지."

그의 말은 짧았지만 쉽게 흔들리지 않는 마음처럼 들렸다. 잠시 그 단호함에 기대고 싶었지만, 현실은 그렇게 단순하지 않았다. 결혼 준비는 숨 가쁘게 진행됐고, 형식적인 절차 하나하나가 산처럼 높게만 느껴졌다. 회사 다니며 모은 얼마 안 되는 돈에 언니들이 보태주고 주택 마련 대출까지 받아 겨우 시장 뒷골목에 있는 작은 집을 구했다.

결혼이 가져올 새로운 삶에 대한 환상은 오래 가지 못했다. 여전히 하루하루를 버티는 생존의 시간이었다. 하지만 뱃속에서 자라는 딸을 생각하면 절망보다는 희망이 조금씩 모습을 드러냈다. 저녁이면 불러오는 배를 조심스레 쓰다듬으며 앞으로의 모습을 상상하곤 했다.

　남편과 딸의 손을 잡고 공원을 걷는 모습, 딸의 웃음소리
가 집안을 가득 채우는 장면을 떠올리면 마음이 조금씩 따뜻
해졌다. 그 아이는 아직 태어나지도 않았지만, 이미 내 삶의
방향을 조금씩 바꾸고 있었다.

끝에서 나는 삶을 만났다

부족함 없이 키우고 싶어서
시작한 닭강정

결혼 후에도 직장 때문에 주말부부로 지냈다. 결혼 전 10년 가까이 주야간 근무를 했고, 잔업까지 마치고 집에 돌아오면 저녁 8시가 넘었다. 임신 후에는 주간 근무만 하게 되면서 오후 5시면 일이 끝났다. 결혼을 하면 기숙사에 머물 수 없어 언니와 함께 원룸을 얻어 나왔다. 방에 누워 천장을 바라보고 있으면 생각이 길어졌다.

내가 떠올렸던 결혼의 모습과 현실은 조금 달랐다. 뱃속 아이에게 미안한 마음이 들기도 했다. 시간이 생기면 마음은 바빠졌다. 앞으로의 삶을 생각하면 막막하기도 하고, 그래도 잘 살아보고 싶다는 생각도 들었다.

어느 날, 언니가 퇴근하며 사 온 닭강정을 먹고 있었다. 상자에 적힌 '체인 문의'라는 글자가 눈에 들어왔다. 한참을 바라보다가 전화번호를 눌렀다.

"닭강정집이죠? 지금 닭강정을 먹고 있는데, 체인점을 해 보고 싶다는 생각이 들어 전화드렸어요."

"네. 어느 지역이세요?"

"지금은 오산인데, 청주에 차리고 싶어요. 그런데 제가 임신 중이라서요. 아이를 낳고 시작해도 괜찮을까요?"

"청주에는 아직 지점이 없어서 가능합니다. 계약금 100만 원만 입금해 주시면 다른 계약은 진행하지 않을게요. 편하실 때 시작하세요."

전화를 끊고도 한동안 상자를 내려놓지 못했다. 작은 상자 하나가 앞으로의 삶과 연결되어 있는 것처럼 느껴졌다. 정말 할 수 있을까 싶었지만 이상하게도 해보고 싶다는 마음이 더 컸다.

시댁에서는 시골집 두 채 중 하나를 정리해 우리를 돕겠다고 하셨다. 나는 급하게 집을 정리하면 제값을 받기 어려울 것 같아 우리가 먼저 들어가 살다가 천천히 정리하자고 남편

에게 말했다. 그렇게 우리는 시댁과 5분 거리의 윗집에 살게
되었다.

새벽 2시쯤 퇴근해서 집에 들어오면 어머님이 아이를 보
고 계셨다. 나는 들어오자마자 서둘러 씻고 나와 아이를 안
았다. 그사이 어머님은 캄캄한 밤에 아랫집으로 내려가셨다.
그 모습이 반복될수록 마음이 편하지 않았다. 그 끝에 함께
사는 것이 좋겠다고 말씀드렸고, 시부모님과 상의 끝에 합가
하게 되었다. 도움을 받을 수 있다는 생각에 마음이 놓였지
만, 동시에 낯선 생활이 시작되었다.

함께 살기 시작하면서 남편과의 사이는 조금씩 변해갔다.
둘이 살 때는 장난도 많고 춤도 추던 사람이었는데 점점 말
수가 줄었다. 남편은 방에 들어가면 좀처럼 나오지 않았다.
나는 그 방에 들어가지 못한 채 거실에 머물렀다. 그 공간에
서도 편하지 않았다. 웃음소리가 들리면 따라 웃었고, 마음
은 늘 다른 곳에 가 있는 것 같았다.

닭강정 장사를 시작하고 나서는 하루가 더 짧아졌다. 밤
늦게 일을 마치고 집에 돌아오면 잠잘 시간이 얼마 남지 않

았다. 잠든 지 얼마 되지 않은 것 같은데 아이는 금세 일어났다. 밤과 아침이 빠르게 이어지는 생활이었다.

아침을 먹이고 문화센터에 다녀온 뒤, 아이를 다시 집에 데려다 놓고 출근했다. 당일 사용할 재료를 준비하고 닭을 손질해 나누어 담았다. 기름을 올려놓으면 전화벨이 울렸다. 닭을 튀기고, 소스에 버무리고, 자전거를 타고 배달을 나갔다. 단체 주문이 있는 날이면 하루 종일 사용한 기름을 정리하고 새 기름을 부어 다음 날 준비를 했다. 닭 한 마리에 15분 정도가 걸렸고, 두 개의 튀김기로 한 시간 동안 만들 수 있는 양은 여덟 마리였다. 아침까지 맞추려면 밤을 새워야 했다. 화장실이 급해도 반죽한 닭을 기름에 넣고 나서야 겨우 다녀올 수 있었다.

프리마켓이 있는 날에는 밤을 새워 준비했다. 예순 마리를 만들어 놓고 집에도 들르지 못한 채 현장으로 향했다. 닭강정을 팔고 있던 중 전화가 걸려왔다. 둘째가 처음으로 기어다니는 모습을 보여주겠다며 시어머니가 영상 통화를 걸어오셨다.

판매대 뒤에 쪼그려 앉아 전화를 받았다.

끝에서 나는 삶을 만났다

"하윤아, 엄마야. 우리 하윤이 기었어?"

화면 속에서 아이가 내 쪽으로 기어왔다. 힘이 부족해 흔들리는 팔과 다리를 하나씩 내디디며 천천히 다가왔다. 나는 그 아이를 안을 수 없었다. 눈물이 쏟아질 것 같아 계속 웃었다. 전화를 끊고 나서야 핸드폰을 가슴에 꼭 끌어안았다. 처음 뒤집던 날도, 처음 기어가던 순간도, 나는 늘 화면으로 보고 있었다. 아이를 위해 시작한 일이 아이의 시간을 놓치게 만들고 있었다.

어느 날, 단체 주문 때문에 일찍 출근해 닭강정을 만들고 있었다. 그날은 내 생일이었고, 친정엄마가 가게로 찾아왔다. 엄마는 안경을 머리 위로 올려놓고 눈물을 닦으며 말했다.

"생일인데 하루 쉬지. 좋은 남자 만나서 편하게 살았으면 얼마나 좋아. 시집가서도 뜨거운 불 앞에서 고생만 하고. 이게 뭐 하는 거야."

나는 손을 멈추지 않은 채, 하던 일을 계속했다.

"괜찮아, 엄마. 나 요즘 행복해."

잠시 뒤 조용히 덧붙였다.

"예전에는 무엇을 위해 사는지 잘 몰랐는데, 지금은 우리 아이들 위해서 살면서 삶이 재미있다는 걸 알았어.”

그리고 천천히 말했다.

“엄마, 나 낳아줘서 고마워. 엄마 덕분에 우리 딸들 만났잖아.”

아이를 안고 있을 때마다 가슴이 벅차올랐다. 그 감정이 무엇인지 정확히 알 수는 없었지만, 처음 느껴보는 감정이었다. 힘들었지만, 그때 나는 분명 살아가고 있었다.

끝에서 나는 삶을 만났다

5

돈을 좇아 올라간 오산,
그리고 무너진 믿음

시간은 빠르게 흘러갔다. 첫째가 6개월이 되었을 때 시작한 닭강정 장사는 어느새 둘째의 탄생을 지나 육아 휴직이 끝나고 복직을 앞둔 시점까지 이어져 있었다. 이제는 결정을 해야 했다. 장사를 계속할지, 회사를 다시 나갈지.

밤을 새워 일하는 날이 많아졌고, 남편과 함께 일하는 시간도 길어졌다. 그만큼 부딪히는 일도 잦아졌다.

"어제 밤 새서 일했잖아. 적당히 하고 퇴근해. 나도 내일 아침 일찍 출근해야 돼."

"프리마켓 다녀오면 주문 많아지는 거 알잖아. 전화 계속 오는데 어떻게 멈춰. 오빠 먼저 들어가. 나 혼자 할게."

남편은 퇴근 후에는 쉬고 싶어 했고, 나는 조금이라도 더 벌고 싶었다. 같은 공간에서 일하고 있었지만, 바라보는 방향은 달랐다.

스트레스와 과로가 쌓이면서 갑상선에 이상이 생겼다. 장사를 계속하기보다는 복직하는 쪽이 낫겠다는 생각이 들었다. 하지만 회사로 돌아가려면 또 다른 문제가 있었다. 주야간 근무를 해야 했고, 아이들을 돌봐줄 사람이 필요했다. 직장은 오산, 부모님은 청주에 계셨다. 아이들을 가까이 두고 키우는 건 현실적으로 어려웠다. 남편이 함께 올라와 아이들을 돌볼 수 있을 거라는 기대는 하지 않았다. 복직한다면 시어머니께 아이들을 맡기고, 우리는 다시 주말부부로 지내야 했다. 반대로 퇴사를 선택하면 회사에서 받은 전세자금 대출을 갚아야 했다. 이천만 원이 부족했다. 어느 쪽도 쉽게 선택할 수 없었다.

고민 끝에 아이들과 떨어져 지내는 시간을 더 늘릴 수 없다는 쪽으로 마음이 기울었다. 퇴사를 결심했다. 그리고 이참에 분가해서 우리만의 공간을 만들고 싶었다.

끝에서 나는 삶을 만났다

남편과 방법을 찾다가 한 가지가 떠올랐다. 복직 후 3개월만 근무하면 고용 보험에서 받을 수 있는 돈이 있었다. 남편이 말했다.

"3개월만 다니자. 그러면 고용 보험 받을 수 있고, 대출도 어느 정도 갚을 수 있어. 그동안 분가 준비하자."

3개월은 버틸 수 있을 것 같았다. 그렇게 복직을 했다. 한 달, 두 달이 지나갔다. 그리고 1년이 지났고, 2년이 되었다. 그동안 분가 이야기는 한 번도 나오지 않았다. 집은 매물로 내놓지도 않았다.

아이들과 떨어져 지내는 시간이 길어질수록 마음이 무너졌다. 아무것도 하지 않아도 눈물이 났다. 하루를 버티는 것만으로도 힘이 들었다. 잠이 들기 전, 같은 생각이 반복됐다. 눈을 감으면 그대로 끝났으면 좋겠다는 생각. 어느 순간, 그 생각이 익숙해지고 있다는 걸 알아차렸다.

결정을 해야 했다.

"오빠, 나 이렇게 살다 죽을 것 같아. 왜 사는지도 모르겠어. 나 회사 그만두고 아이들이랑 같이 살고 싶어."

남편은 잠시 조용하더니 말했다.

"나는 죽고 싶다는 말 하는 사람이 제일 한심해. 그런 식으로 말하지 마. 헛소리할 거면 끊어.”

그리고 전화가 끊겼다.

손에 쥐고 있던 핸드폰이 무겁게 느껴졌다. 그 말을 꺼내기까지 얼마나 오래 고민했는지, 설명할 수도 없었다. 나는 더 이상 이렇게는 살 수 없다는 마음을 말하고 싶었다. 그런데 내 말은 그에게 다른 의미로 들린 것 같았다.

더는 기대하지 않기로 했다.

“회사 그만둘 거야. 대출은 얼마 안 남았으니까 신용 대출 받아서 갚으면 돼. 가게 정리하고 남은 돈 2,500만 원 오빠한테 있잖아. 그 돈 보내줘.”

남편은 생각해보자고 했다. 며칠이 지나도 같은 말만 반복했다.

일을 하다가 문득 머릿속이 하얘졌다. 심장이 빠르게 뛰기 시작했고, 손이 떨렸다. 하던 일을 멈추고 남편에게 전화를 걸었다.

“여보세요. 그 돈 썼어?”

잠시 침묵이 흘렀다.

“왜 말 안 해. 왜 안 보내줘.”

대답이 없었다.

"오빠?"

전화기 너머는 조용했다.

핸드폰 화면을 보니 시간은 계속 흐르고 있었다.

"그 돈 진짜 없는 거야?"

"미안해."

그 한마디를 듣는 순간, 몸이 아래로 꺼지는 느낌이 들었다. 2년 동안 버텨왔던 시간들이 한꺼번에 무너져 내리는 것 같았다.

남편은 그 이후로 전화를 받지 않았다.

손에 힘이 점점 빠졌다. 일을 계속할 수 없어 급하게 휴가를 내고 청주로 내려갔다. 남편 회사 앞에서 기다리고 있다며 문자를 남겼다.

퇴근 후, 회사 뒤편 공터에서 만났다. 통장에 있던 돈은 모두 사라졌고, 빚이 7천만 원이나 있었다. 나는 미래를 위해 돈을 모으고 있었고, 그는 다른 곳에 돈을 쓰고 있었다. 그 사실을 그날 처음 알았다. 그동안 내가 믿고 기다렸던 시간들이 한순간에 사라지는 느낌이었다.

며칠 뒤, 시댁에 가족들이 모였다.

"저는 아이들이랑 떨어져 지낸 지 2년이에요. 주야간 근무 하면서 대출 갚고, 애들이랑 같이 살날만 기다렸어요. 그런 데 저는 아무것도 모르고 있었어요. 통장에 있던 돈은 다 사라지고 빚이 7천만 원이나 생길 때까지요."

말을 하면서도 숨이 가빠졌다.

"저는 같이 못 살겠어요. 저 혼자 아이들 데리고 오산으로 갈게요."

그날로 함께 살던 집을 나왔다. 아이들과 함께 살 준비가 될 때까지 주말이면 시댁에 가서 아이들을 데려와야 했다.

"엄마, 나 우리 집에서 자고 싶어."

아이의 말에 아무 대답도 하지 못했다. 아이들은 이유도 모른 채 이 집과 저 집을 오갔다. 울면서 할머니를 찾고, 아빠를 찾았다. 나는 아이들을 다그쳤고, 시댁과의 갈등은 더 깊어졌다.

주말이 지나면 다시 아이들을 내려놓고 오산으로 돌아와 야 했다. 내가 잘못한 것도 아닌데, 여전히 나는 아이들과 떨어져 있었다. 아이들을 데려오기 위해 다시 일을 해야 했고, 변호사 사무실을 찾아다니기 시작했다.

6

아이들을 위해 다시 한번

변호사를 만나고 돌아오는 길, 발걸음이 쉽게 떨어지지 않았다. 무언가 해결될 거라 생각하고 갔지만, 돌아오는 길에는 더 많은 문제가 남아 있었다. 내가 받을 수 있는 것은 남편 명의로 된 4천만 원짜리 차 하나뿐이었다. 그것도 한 번에 받는 돈이 아니라 둘이 나눠 갖는 돈이었다. 빚도 나눠야 할 수도 있다는 말을 들었다. 부모님의 구두 약속은 효력이 없고, 부모님 명의 집에 함께 살았기 때문에 재산 분할 대상이 아니라는 설명이 반복됐다.

이혼을 하면 당장 나와야 했다. 그런데 나는 주야간 근무를 하고 있었고, 아이를 맡길 곳도 마땅치 않았다. 지금 이

상태로는 아이들을 데리고 나오는 건 현실적으로 어려웠다.

그날 밤, 남편을 불러 변호사에게 들은 이야기와 내 생각을 꺼냈다.

"오산으로 이사할 거야. 같이 벌어서 빚도 갚아야 하고, 내가 야간 근무할 때는 오빠가 아이들을 봐야 해. 그렇게 할 수 있으면 아이들 생각해서 한 번은 넘어갈게."

잠시 말을 멈췄다가 다시 말했다.

"애들, 성인 될 때까지는 제대로 키워야 하잖아. 그렇게 할 수 있어?"

남편은 망설임 없이 대답했다.

"할게. 회사도 옮기고, 아이들도 내가 볼게. 시키는 대로 다 할게."

나는 오래 생각하지 못했다. 아이들 생각이 먼저였다. 나는 그의 말을 한 번 더 믿어보기로 했다.

오산으로 이사를 결정한 뒤, 시댁에 드렸던 전세금을 돌려달라고 말씀드렸다. 그러나 이미 집 담보 대출까지 모두 사용된 상태였다. 이사에 필요한 최소한의 돈, 이천만 원조차 없었다. 무엇을 하려고 하면 그 앞에서 계속 막혔다.

그때 언니가 적금을 깨서 돈을 빌려주었다. 그 돈에 전세 자금 대출까지 더해서 결국 빚을 안은 채 아이들과 오산으로 이사를 했다.

새로운 시작이라고 생각했다. 하지만 오래 가지 않았다.

남편은 퇴근하면 술을 마시고 먼저 잠이 드는 날이 많았다. 된장국과 나물 반찬을 차려놓은 날에는 얼굴을 찌푸렸다.

"이걸 저녁이라고 차린 거야?"

그렇게 말하고는 치킨이나 족발을 시켜 술을 마셨다. 그 일이 반복되면서 식탁 위에는 늘 술안주가 올라갔다. 술을 마신 뒤의 일들은 늘 내 몫이었다. 아이를 씻기고, 설거지를 하고, 밀린 집안일을 하나씩 정리해야 했다. 남편은 한 번 잠들면 쉽게 일어나지 못했다.

"오빠! 일어나!"

몇 번을 흔들어도 반응이 없었다. 어느 날은 첫째가 울다가 방으로 들어가 잠들었고, 나는 둘째를 등에 업은 채 남편과 언성을 높였다.

"이럴 거면 술 마시지 마!"

내 목소리는 점점 커졌고, 등에 업혀있는 딸은 조용해졌다.

야간 근무를 하는 날이면 더 불안했다. 어느 날 전화가 왔다.

“엄마. 아빠가 안 일어나. 무서워.”

아이들이 전화기를 남편 귀에 대고 있었지만, 아무 반응도 없었다. 소리를 질러도, 불러도 달라지는 것은 없었다. 옆 동에 사는 언니가 와서 남편을 깨우고, 아이들이 침대에 눕는 것을 확인한 뒤에야 상황이 끝났다. 그런 일이 몇 번이나 반복되었다.

집에 무슨 일이 생겨도 바로 달려갈 수 없는 엄마라는 사실이 가장 힘들었다. 기계는 계속 돌아가고 있었고, 기계 알람 소리는 여기저기서 울려댔다. 눈물이 흘러내렸지만 멈춰 있을 수 없었다.

월급날이 되면 돈은 그대로 빠져나갔다. 아침 6시 반이면 아이들을 깨워야 했고, 7시 20분이면 어린이집에 보내야 했다. 그렇게 시작된 하루 끝에서 번 돈이었다. 그 돈이 어디로 가는지도 모른 채 사라졌다.

한 달이 지나 월급날이 다가올 때마다 마음이 먼저 무거워졌다. 그렇게 버티며 살았는데 남는 것이 없다는 생각이 들면 허무해졌다. 참지 못하고 남편에게 말했다.

“밥이 넘어가? 애들은 새벽부터 어린이집 가고, 나는 밤낮으로 일해서 벌어온 돈이 다 어디로 가는지 모르는데. 아무렇지도 않아?”

남편은 짧게 말했다.

“언제까지 그 얘기할 거야.”

그 말 한마디에 더 이상 말을 이어갈 수 없었다. 답답한 마음을 전해도 닿지 않는다는 걸 알게 됐다.

상담도 받아봤다. 하지만 달라지는 것은 없었다. 이해하려고 하면 할수록 더 멀어졌다. 더는 방법이 없다는 생각에 이혼 서류를 작성해서 남편에게 전달했다. 남편은 내 앞에서 서류를 찢어버렸다. 나는 그 모습을 보면서도 아무 말도 하지 못했다. 결국 아무것도 선택하지 못한 채, 반복되는 생활을 계속 이어갔다.

그러다 갑작스럽게 회사에 변화가 생겼다. 사업부가 정리되면서 퇴사를 하거나 창원으로 이전해야 했다. 정년까지 다닐 거라고 생각했던 회사였기 때문에 쉽게 결정할 수 없었다. 며칠을 고민해도 답은 나오지 않았고, 생각할수록 마음만 더 무거워졌다. 창원으로 가게 되면 근무 형태가 바뀌면서 남편이 전적으로 아이들을 돌봐야 했다. 반대로 퇴사를 하면 1년 6개월 정도의 급여를 위로금으로 받을 수 있었다.

남편은 아이들을 전적으로 돌보는 것은 어렵다고 했다.

나는 퇴사를 선택했다.

퇴직금으로 받은 돈은 1억 원이 조금 넘었다. 그 돈으로 전세자금 대출을 제외한 모든 빚을 정리했다. 계좌에서 매달 빠져나가던 돈이 멈췄다. 그 숫자가 사라진 것만으로도 마음을 짓누르고 있던 무게가 내려앉듯 사라졌다. 남편과의 관계도 조금씩 달라졌다. 자고 있는 남편을 깨워 싸우는 일도 줄어들었고, 지나간 일을 꺼내 다시 다투는 일도 사라졌다. 집 안에 흐르던 긴장이 조금씩 느슨해졌다.

나는 천만 원을 따로 남겨두었다. 그 돈으로 배우고 싶었던 것들을 해보기로 했다.

새벽에 일어나 요가를 배우고, 수영을 했다. 아이들을 학교에 보내고 나면 드로잉과 캘리그라피를 배우러 갔다. 바리스타 수업도 듣기 시작했다. 내가 선택한 것들로 하루가 채워지자 매일이 뿌듯했다. 그리고 다음 날이 기다려졌다.

그중에서도 커피를 배우는 시간이 가장 좋았다. 내가 알고 있던 '일'과는 전혀 다른 모습이었다. 버티는 일이 아니라, 좋아서 하는 일이었다.

카페 문이 열리면 손님들이 들어왔다. 문을 열고 들어오는 순간, 모두가 한 번 숨을 깊게 들이마셨다. 커피 향을 느끼는 짧은 순간, 표정이 먼저 풀렸다.

"선생님, 커피 향 너무 좋아요. 이 커피 뭐예요?"

"어서 와요. 에티오피아 커피 방금 내렸어요. 한번 드셔보세요."

그 말을 듣고 사람들이 자연스럽게 다가왔다. 지나가던 사람도 발걸음을 멈추고 들어왔다. 작은 카페 안에서 처음 보는 사람들끼리도 금세 말을 나누었다. 웃음이 오갔고, 커피 향기를 나눴다.

나는 그 장면을 가만히 보고 있었다. 일이 이렇게 편안하게 흘러갈 수도 있다는 걸 그때 처음 알았다.

억지로 버티지 않아도 되는 일.

힘을 주지 않아도 이어지는 시간.

그때부터 커피가 좋아졌다.

나에게 바리스타가 된다는 것은 단순히 돈을 벌기 위한 일이 아니었다. 누가 시켜서가 아니라 내가 스스로 선택한 일이었다. 커피 관련 자격증을 취득했고, 바리스타 심사위원으로 나가게 되었다. 이제는 정말 새로운 삶이 시작되는 것 같

있다. 그런데 그 시작은 오래 가지 않았다.

코로나가 시작됐다.

7

이렇게 살아도
행복할 수 있다니

전 세계가 코로나로 멈춰 섰다. 학교도 문을 닫았고, 아이들은 집에 머물러야 했다. 사람을 만나는 것도 조심스러워졌고, 장을 보는 일조차 온라인으로 대신하게 됐다. 가까이 살던 가족들도 쉽게 만날 수 없었다. 내가 좋아하던 것들도 하나씩 멈췄다.

대신 집안의 시간이 길어졌다.

아이들은 처음으로 노트북 앞에 앉았다. 온라인 수업은 낯설었고, 문제가 생길 때마다 나를 불렀다. 파일 봉투에 담겨온 과제를 하나씩 꺼내 함께 풀었다. 돌아서면 간식을 챙기고, 밥을 차리고, 다시 아이들 옆에 앉았다. 그렇게 하루가 빠르게 지나갔다.

어느 날은 캐릭터 모양으로 밥을 만들었다. 접시에 담아 놓고 보니 작은 카페 같았다. 아이들이 웃으며 사진을 찍었고 그 모습을 보고 나도 따라 웃었다. 그날 이후로 가끔은 근사한 카페처럼 식탁을 채웠다. 특별한 날이 아니어도 괜찮았다. 집안에서 보내는 시간이 조금씩 달라졌다. 한 달, 두 달이 지나자 집에서 노는 방법도 늘어났다. 아이들과 함께 만들고, 그리고, 따라 하며 시간을 보냈다. 바깥은 멈춰 있는 듯했지만, 집안에서는 다른 시간이 흐르고 있었다.

무엇을 해야 할지 계획 없이 하루를 보내던 어느 날, 『김미경의 리부트』를 읽게 됐다. 코로나 이후 세상이 빠르게 변하고 있다는 내용이었다. 책을 덮고 나서 한동안 가만히 앉아 있었다. 회사 다닐 때 그렇게 바라던 시간적 자유가 생겼는데, 나는 그 시간을 어떻게 써야 하는지 몰라 그냥 흘려보내고 있었다. 돌아보니 한 달에 책 한 권만 읽었어도 열두 권은 읽었을 시간이었다.

그날 바로 온라인대학 MKYU에 입학하고 독서 모임에도 들어갔다. 책을 읽는 것도 익숙하지 않았는데, 느낀 점을 나누는 건 더 어려웠다. 내가 이해한 것이 맞는지, 엉뚱한 이야기를 하는 건 아닌지 걱정이 됐지만 계속 참여했다.

내가 책과 조금씩 가까워지자 아이들도 자연스럽게 책을 집어 들었다. 저녁이면 각자 책을 읽고 좋았던 부분을 이야기했다. 어떤 날은 소리 내어 함께 읽기도 했다. 특별한 일을 한 건 아니었다. 밥을 먹고, 책을 읽고, 아이들과 시간을 보냈을 뿐이었다. 그런데 바쁘지 않았는데도 하루가 비어 있다는 느낌은 들지 않았다. 하루가 조용히, 하지만 단단하게 쌓이고 있다는 느낌이 들었다.

어느 날 문득 남편에게 말했다.

"여보. 나는 늘 바쁘게 살아야 하는 사람인 줄 알았거든."

잠시 말을 멈췄다가 남편을 바라보며 조용히 덧붙였다.

"그런데 아니더라. 아무것도 하지 않아도 이렇게 편안하고 행복할 수 있네."

그 말을 하고 나서야 알았다. 나는 늘 무언가를 해야만 괜찮은 사람이라고 생각해 왔다는 걸. 더 벌어야 하고, 더 잘해야 하고, 더 나아가야 한다고 믿고 있었다. 그런데 지금의 나는 달랐다. 많이 벌지 않아도 괜찮았고, 특별한 성과가 없어도 괜찮았다. 아이들과 밥을 먹고, 책을 읽고, 하루를 함께 보내는 것만으로도 충분했다.

그 시간을 보내며 알게 됐다.

행복은 멀리 있는 것이 아니라, 이렇게 지나가던 하루 속에도 있다는 것을.

큰 욕심 없이 지금처럼만 살고 싶었다. 이대로 오래 이어지기를 바랐다.

그런데 그 바람은 오래가지 않았다.

예상하지 못한 일이 조용히 다가오고 있었다.

끝에서 나는 삶을 만났다

2장

삶과 죽음 사이의 시간

1

저는 보호자입니다

저녁이 되기 전, 남편에게 전화가 왔다. 오늘은 소고기에 술 한잔하자는 말이었다. 갑작스러운 제안이었지만 웃으며 그러자고 했다. 밖에서 먹자고 했더니 집에서 편하게 먹고 싶다고 했다.

집 앞 정육점에서 고기를 사 와 불을 올리고 식탁에 음식을 차려놓고 남편을 기다렸다. 평소와 다를 것 없는 저녁이었다.

고기를 먹기 시작했는데 남편은 몇 점 먹지 않고 수저를 내려놓았다. 오늘따라 잘 안 먹힌다며 웃었다. 나는 그냥 그런 줄 알았다. 그때 남편 얼굴을 제대로 보지 못했다.

식탁을 치우고 평소처럼 TV를 틀어놓고 소파에 앉았다.

드라마 〈펜트하우스〉 마지막 회가 하는 날이었다. 드라마가 끝나고 돌아누워 남편을 안으며 아무 생각 없이 말했다.

"드라마는 한 번 보면 계속 보게 된다니까."

그때 남편이 낮은 목소리로 할 말이 있다고 했다. 나는 대수롭지 않게 웃으며 무슨 말이냐고 물었다. 남편은 잠시 말을 멈췄다가 말했다.

"나 위암일 수도 있대."

그 한 문장이 공기를 바꿨다.

나는 아무 말도 하지 못했다. 남편 얼굴만 바라봤다. 농담인지 사실인지 아무것도 판단이 되지 않았다. 머릿속이 멍해졌고 감정은 멈춘 것처럼 아무 반응이 없었다. 겨우 입을 열어 막장 드라마 같은 소리 하지 말라고 말했다.

아직 확실한 건 아니고 큰 병원 가보라고 해서 예약했다며 내일 같이 가보자고 했다.

그 말을 남기고 남편은 아이들이 있는 방으로 들어갔다. 따라갈 수 없었다. 소파에 그대로 앉아 꺼진 TV를 바라봤다. 몸은 굳어 있었고 머릿속은 아무것도 떠오르지 않았다. 그때서야 눈물이 흘렀다.

끝에서 나는 삶을 만났다

꿈같았다.

손가락을 하나씩 움직이며 내가 지금 깨어 있는지 확인했다. 한참을 그렇게 꺼진 TV 앞에 앉아 있다가 작은방 거울 앞으로 갔다. 거울에 보이는 나를 보며 말했다.

"현정아. 이거 꿈이야?"

입 밖으로 내뱉고 나서야 현실이라는 걸 알았다.

그날 밤, 아이들 사이에 누워 한 명씩 꼭 끌어안았다. 남편은 평소처럼 금세 잠이 들었고 코 고는 소리가 들렸다. 이상하게 그 모습이 미워지지 않았다. 오히려 안심이 됐다. 자고 일어나면 아무 일도 아니라고 말해주기를 바라며 나도 잠이 들었다.

아침이 되자 모든 것이 그대로였다.

꿈이 아니었다.

아이들을 옆 동에 사는 언니에게 부탁하고 병원으로 향했다. 엘리베이터 앞에서 참았던 눈물이 터졌다. 차 안에서도 눈물은 멈추지 않았다. 그런데 남편은 네 남편 안 죽는다며 왜 이렇게 우냐고 말하며 내 손을 꼭 잡았다. 아픈 건 남편인데 남편이 나를 달래고 있었다.

2장 삶과 죽음 사이의 시간

차 안에서 겨우 말을 꺼냈다.

"오빠. 나 이혼하자고 했던 거 다 거짓말이야. 사실은 더 잘 살고 싶어서 그랬던 거야. 우리 오래 같이 살자."

남편은 아무렇지 않은 척 말했다. 애들 크는 것도 보고 결혼하는 것도 보고 나중에 같이 술도 마실 거라고 했다. 그의 말은 담담했지만 눈은 붉어져 있었고 입술은 떨리고 있었다.

도로 위는 평소와 다를 것 없이 흘러가고 있었지만, 내 안의 시간은 전혀 다르게 흐르고 있었다. 늘 다녔던 길을 달리고 있는데도, 어디로 가고 있는지 알 수 없는 느낌이었다.

그때 문득 남편이 예전에 큰고모님께 간이식 수술을 해드렸던 일이 떠올랐다. 그 기억이 떠오르자 마음이 급해졌다.

"오빠. 예전에 간이식 해줬던 병원 있잖아. 그 병원으로 가야 하는 거 아니야?"

남편은 잠시 생각하더니 차를 도로 옆에 세웠다.

잠깐의 침묵이 흘렀다. 도로 위를 달리는 차 소리만 들렸다.

나는 바로 검사했던 내과에 전화를 걸었다. 의사에게 예전에 수술 기록이 있는 병원으로 가는 게 좋겠다는 말을 들었다. 그 말을 듣는 순간 남편은 핸들을 천천히 돌렸다. 병원으로 가던 길에서 차는 돌아섰고 우리는 다시 집으로 가고 있

끝에서 나는 삶을 만났다

었다.

　아무것도 해결된 건 없었다. 오히려 아무것도 시작되지 않은 상태였다. 그런데 이상하게 나는 안도하고 있었다. 차창 밖으로 지나가는 풍경이 전보다 또렷하게 보였다. 지금 당장 결과를 듣지 않아도 된다는 것만으로 시간이 조금 더 주어진 것 같았다. 아직은 아무것도 확정되지 않은 시간, 아직은 괜찮다고 믿어도 되는 시간이 나를 붙잡고 있었다.

　며칠 뒤, 아산병원에서 요구한 서류를 받기 위해 남편이 내시경을 했던 내과에 갔다. 접수대 앞에 서서 내 이름이 아닌 남편 이름을 꺼냈다.
　"안녕하세요. 김도현 씨 배우자인데요. 조직 검사 결과지랑 슬라이드 받으러 왔어요."
　병원에서는 이미 서류를 준비해 두고 있었다. 서류 봉투를 건네받고 돌아섰는데 엘리베이터 앞에서 발이 떨어지지 않았다. 이대로 집에 가면 아무것도 모른 채 기다리는 시간이 더 견디기 힘들 것 같았다. 듣고 싶지 않았지만, 알아야 했다. 잠시 망설이다가 다시 병원 안으로 발걸음을 돌렸다.

의사를 만나서 남편 상태가 어느 정도인지 솔직하게 듣고 싶다고 말했다. 의사는 잠시 나를 바라보다가 천천히 입을 열었다.

"젊으신 분이 어떻게 이렇게 될 때까지 모르셨을까요. 환자분이 오셨을 때는 너무 놀라실까 봐 다 말씀드리지 못했습니다."

잠시 말을 멈췄다가 이어서 말했다.

"젊은 분이라 진행도 빠를 겁니다. 현재 위 상태로 봤을 때 이렇게 심한 경우는 거의 보지 못했습니다. 치료를 무리하게 하기보다, 드시고 싶은 것 드시면서 남은 기간만큼은 가능한 한 편안하고 행복하게 지낼 수 있도록 해주세요."

그 말을 듣는 순간, 몸 안의 무언가가 무너져 내렸다.

암이라는 말만으로도 버거운데 이미 많이 진행되어 살기 어렵다는 이야기라니. '남은 기간만큼'이라는 말이 머릿속을 맴돌았다.

울음을 참고 병원을 나왔지만 차에 앉는 순간 더는 버틸 수 없었다. 운전대를 잡았는데 눈물이 차올라 앞이 보이지 않았다. 주차장에서 시동을 끄고 그대로 앉아 있었다.

차 밖의 세상은 아무 일도 없다는 듯 흘러가고 있었다. 사

끝에서 나는 삶을 만났다

람들은 걷고, 차는 지나가고, 신호등은 바뀌고 있었다. 그런데 내 시간만 멈춘 것 같았다.

손에 쥐고 있던 서류 봉투를 열었다. 진단서에 적힌 단 한 문장.

'악성신생물'

그 문장 하나로 남편은 암 환자가 되었고, 나는 보호자가 되었다. 글자를 지워버리고 싶었다. 이 문장만 없애면 아무 일도 없던 시간으로 돌아갈 수 있을 것 같았다. 숨이 가빠졌다. 가슴이 조여 왔다. 참으려 해도 울음이 터져 나왔다.

한참을 울다가 눈을 감고 숨을 깊게 들이마셨다. 그리고 천천히 내쉬었다.

그때 머릿속에 한 단어가 떠올랐다.

'기적 체험자'

그 단어를 떠올리는 순간 요동치던 감정이 거짓말처럼 가라앉았다. 상황은 아무것도 달라진 것이 없는데 내 마음만 달라져 있었다. 방금 전까지 무너져 내리던 마음이 이유 없이 조용해졌다. 기적은 원래 이런 순간에 일어나는 거라는 생각이 들었다.

그 자리에서 결심했다. 우리는 기적 체험자다.

남편에게 전화를 걸었다. 서류 받아서 집에 가는 중인데 할 말이 있다고 했다. 목소리에 잔뜩 힘이 들어가서 잠시 숨을 고르며 말했다.

"우리는 오늘부터 기적 체험자야."

말이 끝나자마자 스스로도 놀랐다. 오기였는지 의지였는지 알 수 없었다. 하지만 분명한 건 이 상황을 그대로 받아들이지 않겠다는 마음이었다.

남편은 갑자기 무슨 소리냐고 웃었다. 나는 그냥 그렇게 생각하자고 말했다. 잠시 정적이 흐른 뒤 남편이 알았다고 했다.

그날 이후 남편은 암 환자가 되었고, 나는 보호자가 되었고, 우리는 기적 체험자가 되어 살기 시작했다.

2

중증 환자 등록하고 가세요

며칠 뒤 남편의 검사 결과를 들고 아산병원으로 갔다. 준비해 간 서류를 접수하고 교수님을 만났다. 조직 검사 결과는 암이 맞았지만, 내시경 화질이 좋지 않아 정확한 상태를 더 확인해야 한다고 했다. CT를 찍고 수술 날짜를 잡아야 한다는 설명이 이어졌다.

잠시 말을 멈추던 교수님이 조심스럽게 덧붙였다. 수술이 급히 필요한 상태인데, 일정이 밀려있어 한 달 이상 기다려야 한다는 것이었다. 대신 수술 경험이 많은 다른 교수님에게 연결해 주겠다고 했다.

미리 알아보고 예약한 교수님이었다. 다른 분에게 가라는 말을 듣는 순간 마음이 흔들렸다. 하지만 애써 생각을 눌렀다. 더 빠르게 수술할 수 있다면 그게 맞는 선택일 거라고 스스로를 설득했다.

다른 교수님을 만나 입원 날짜를 잡았다. 교수님은 담담하게 수술 일정과 치료 과정에 대해 설명했지만, 나는 그 말을 제대로 들을 수 없었다. 눈물이 계속 흘러내렸고 닦아도 멈추지 않았다. 다시 한번만 설명해 달라고 말했지만, 귀로는 아무것도 들어오지 않았다. 숨을 참으려다 헐떡였고, 진정하려고 숨을 깊게 내쉬었다.

그때 교수님이 나를 바라보며 말했다.

"위암이 뭔지는 아세요? 모르겠으면 책 보고 공부를 하세요. 알면 덜 불안하고 덜 무섭습니다. 모르니까 더 힘든 거예요. 지하에 서점이 있으니까, 제가 몇 권 적어드릴게요."

메모지를 받아 들고 진료실을 나왔다. 밖에 있던 간호사가 나를 불렀다. 중증 환자[1] 등록 절차를 설명해 주겠으니 잠시 앉아서 기다려 달라고 했다.

---

1 고액의 진료비가 소요되고 장기적인 치유의 가정이 필요한 질환 대상자들의 본인부담금을 경감하기 위해 시작된 제도

끝에서 나는 삶을 만났다

그 단어가 머릿속에 그대로 박혔다.

중증 환자.

우리에게 붙을 거라고는 상상해본 적도 없던 단어였다.

의자에 앉아 있는데 앞에서 다른 환자의 이야기가 들렸다. 고개를 들어보니 한 환자가 머쓱한 듯 웃고 있었고, 간호사는 환자에게 축하 인사를 건네고 있었다. 이제 가까운 병원에서 정기검진만 받으면 되고, 이 병원에는 다시 오지 말라는 말이었다. 그 말에 환자는 환하게 웃으며 고개를 끄덕였다.

그 모습을 바라보며 이상한 감정이 올라왔다.

끝이 있다는 것.

여기서 벗어나는 날이 있다는 것.

그때 간호사가 "김도현 보호자님" 하고 불렀다. 자리에서 일어나려는데 울음을 참지 못해 목이 막혔다. 아무리 참고 있어도 소리가 새어 나왔다. 간호사는 설명을 하다가 몇 번이나 말을 멈췄다. 그러면서 보호자가 너무 힘들어 보여 설명을 잘 못 들으시는 것 같다며, 환자분이 다시 설명을 듣는 게 좋겠다고 했다.

잠시 후, 간호사는 내 어깨를 두드리며 말했다.

"보호자님, 너무 걱정하지 마세요. 방금 앞에 환자분 보셨죠? 치료받고 건강해지셔서 졸업하시는 거예요. 우리도 그렇게 되면 됩니다."

그 말을 듣는 순간, 고개만 끄덕일 뿐 대답도 하지 못한 채 눈을 감았다.

그리고 마음속으로 같은 말을 반복했다.

기적 체험자.

기적 체험자.

그 단어 하나를 붙잡고 서 있었다.

접수대로 이동해 중증 환자 등록을 했다. 서류에 적힌 글자를 보는데도 여전히 현실 같지 않았다. 중증 환자라는 말이 낯설고 두려웠다.

남편을 바라보며 말했다.

"오빠. 아까 봤지? 5년 됐다고 졸업하시는 분."

잠깐 숨을 고르고 말을 이었다.

"우리는 5년까지 가지 말고, 빨리 나아서 조기 졸업하자. 알았지?"

속으로 덧붙였다.

우리는 기적 체험자니까.

남편이 웃으며 5년씩 안 걸린다고 금방 나을 거라고 말했
다.

우리는 접수대 앞에서 하이파이브를 했다.
마치 큰일이 아닌 것처럼.

3

기도밖에 할 수 없었던 밤

몇 주 뒤, 다음 날이면 아산병원에 입원하는 날이었다. 자정이 넘어가고 있었지만 잠이 오지 않았다. 남편은 거실에서 잠이 들었고, 나는 자고 일어나면 지나가 있을 시간을 조금이라도 붙잡아 두고 싶었다. 아침이 늦게 오기를 바라며 눕지 못한 채 이 방, 저 방을 서성였다.

작은 방에 들어가 옷장을 열었다. 옷을 꺼내 하나씩 단정하게 접었다. 넣었다 꺼내고, 다시 정리했다. 자질구레한 물건들을 버리면서 마음도 함께 정리하려 했다. 그런데 남편의 티셔츠와 바지를 손에 쥐는 순간 머릿속에서 자꾸 남편 자리가 비어 있는 장면이 만들어졌다. 상상이라는 걸 알면서도 멈춰지지 않았다.

견디지 못하고 거실로 나왔다. 작은 책상 앞에 앉아 잠들어 있는 남편 옆에서 글을 쓰기 시작했다. 내가 무슨 잘못을 했는지, 어떻게 살아야 하는지, 남편을 미워해서 이런 일이 생긴 건 아닌지, 그래서 벌을 받는 건 아닌지 스스로에게 묻고 또 물었다. 제발 남편을 살려달라고, 살려만 준다면 남편을 이해하고 사랑하며 살겠다고, 이 경험을 통해 다른 사람을 도우며 살겠다고, 무엇이든 하겠다고 적었다. 하나님이든 부처님이든, 나와 함께하는 어떤 존재라도 있다면 제발 들어달라고 간절히 적어 내려갔다.

왜 나에게 이런 일이 생겼는지 이해할 수 없었다. 그때 머릿속에 한 권의 책이 떠올랐다.

『호오포노포노』. 하와이에서 유래한 명상법으로 잘못된 것을 바로잡는다는 의미를 가진다고 했다. 처음 읽었을 때는 잘 이해되지 않았던 내용이었지만, 지금은 그 책에라도 매달리고 싶었다.

서랍에서 독서 노트를 꺼내 펼쳤다.

'아버지와 어머니 자식이 하나로 존재하는 신성한 창조주여.

만일 내가, 내 가족이, 내 피붙이가, 내 조상이

당신과 당신 가족, 피붙이, 당신의 조상에게

태초부터 현재까지 생각과 말과 행동으로

상처를 주었다면 부디 용서를 바랍니다.

모든 암울한 기억과 장애물, 불안한 에너지를 씻어내고 정

화하여 이 원치 않은 에너지를 순결한 빛으로 변형하소서.

미안합니다. 나를 용서하세요. 고맙습니다. 사랑합니다.’

이 문장을 읽고 또 읽었다. 반복할수록 조금씩 숨이 가라

앉았다. 내가 아무것도 할 수 없다고 느꼈던 순간에도 이 책

은 말하고 있었다. 내 안의 기억과 의식을 바꾸면 지금의 삶

도 바뀔 수 있다고. 그 말을 믿고 싶었다.

기도하는 마음으로 한 글자씩 다시 써 내려갔다. 작은 메

모지에도 옮겨 적어 휴대폰 뒤에 넣어 두었다. 남편이 병원

에 있는 동안 내 마음이 흔들리지 않기를 바랐다.

아이들은 자기들을 잊지 말라며 입던 옷을 한 벌씩 챙겨

주었다.

“엄마, 우리 냄새 기억해.”

아이들은 급하게 사진을 찍어 프린터로 인쇄해 사진첩까

끝에서 나는 삶을 만났다

지 만들어 주었다. 편지와 함께 건네는 아이들의 손이 작게 떨리고 있었다.

그렇게 준비한 짐을 챙겨 병원으로 향했다. 입원 절차를 밟고 코로나 검사 음성을 확인한 뒤 병실로 들어갔다. 문이 닫힌 병동 안은 낯선 공기로 가득했다. 환자복을 입고 앉아 있는 사람들, 수액 걸이를 끌며 복도를 걷는 무표정한 얼굴들, 흰 가운을 입은 의사들, 그리고 낯선 호칭.

"김도현 보호자님."

그 모든 것이 현실 같지 않았다. 복도를 걸어가는데 누군가 우리를 바라보고 있는 시선이 느껴졌다. 사람들의 표정과 간호사의 목소리가 물속에서 들리는 것처럼 느리게 들렸다. 그런데 그 느린 시간과 달리 남편은 병실에 도착하자마자 금식 안내를 받고 팔에 주삿바늘을 꽂았다.

커튼 너머에서 들리는 작은 목소리들, 창가 쪽에서 바라보는 시선 속에는 묻지 않은 질문이 담겨 있는 것 같았다.

'젊은 부부가 왜 여기에 왔을까.'

나는 커튼을 닫고 시선을 차단한 채 아무렇지 않은 척 짐을 정리했다. 아이들이 준 옷과 편지를 꺼내며 웃어 보였지만 표정은 자꾸만 굳어졌다.

잠시 후 교수님의 호출을 받고 간호사실로 향했다. 현재 상태와 수술에 대한 설명이 이어졌다. 수술을 해봐야 정확히 알 수 있겠지만, 현재로서는 2기나, 3기 정도로 예상된다고 했다. 내시경 영상이 흐려서 정확한 판단이 어렵고 아닐 수도 있다는 말도 함께 덧붙였다.

나는 교수님의 말에 모든 신경을 집중했다.

"가능하면 위를 살려보겠지만 위치상 전절제[2]가 필요할 수도 있습니다. CT 상으로 전이는 확인되지 않았습니다. 항암 여부는 수술 후 결정됩니다."

교수님은 잠시 말을 멈췄다가 덧붙였다. 남편이 예전에 간이식을 해주면서 개복 수술을 했기 때문에 복강 안에 유착[3]이 있을 가능성이 있고, 유착이 심하면 수술이 더 어려워질 수도 있다고 했다. 실제 상태는 수술에 들어가 봐야 알 수 있다고 했다.

그 말을 듣는 순간 또 다른 불안이 마음 위에 내려앉았다. 수술 자체도 두려운데, 수술이 더 어려워질 수도 있다는 말까지 더해졌다. 설명은 이어졌지만 내 머릿속에는 한 문장만

---

2 위를 전부 절제하는 수술로, 위암 등에서 시행되는 대표적인 위절제술 중 하나
3 서로 떨어져 있어야 할 조직이나 장기가 염증, 손상 후 섬유성 조직으로 붙어버리는 현상

끝에서 나는 삶을 만났다

남았다.

아닐 수도 있습니다.

나는 그 말에 매달리듯 남편을 바라보았다. 1기였으면 좋겠다고, 간단히 수술하고 빨리 퇴원하자고 말했다. 남편은 별거 아닐 거라며 웃었지만, 그 말을 듣고도 마음은 쉽게 놓이지 않았다. 그래도 나는 계속 그 문장을 붙잡고 있었다.

아닐 수도 있습니다.

집에서 적어온 기도문을 꺼내 다시 읽었다. 읽고 또 읽었다. 반복할수록 마음이 조금씩 가라앉았다. 불안이 완전히 사라지지는 않았지만, 적어도 무너지지는 않을 수 있었다.

그날 밤, 나는 그렇게 버티고 있었다.

4

무너진 자리에서
다시 시작했다

수술 당일, 시간이 밀려 예상보다 오래 기다려야 했다. 빨리 끝내는 게 좋은 건지, 늦어지는 게 좋은 건지 알 수 없는 애매한 시간이었다. 기다림 끝에 간호사들이 와서 몇 가지 질문을 하고 수술 준비를 마쳤다. 침대에 누운 채 이동하는 남편의 모습이 낯설었다. 아직 마음의 준비도 되지 않았는데 수술실은 너무 가까웠다. 엘리베이터를 타고 이동하니 금세 도착했다.

"여보 잘하고 와. 기다리고 있을게."

"알았어. 수술실 앞에서 울면서 기다리지 말고 병실에 올라가서 잠이나 자. 시간 되면 내려와."

내가 수술실 앞에서 울고 있을 걸 알았는지 남편은 몇 번이나 그 자리에 있지 말라고 말했다. 수술실 문이 열리고 남편의 침대가 안으로 들어갔다. 자동문이 닫혔다. 선생님들이 왔다 갔다 하며 문이 열릴 때마다 남편의 침대가 흐릿하게 보였다. 머릿속이 멍해졌다. 잠깐씩 열리는 문 앞에 있었던 남편의 침대가 더는 보이지 않았다.

전광판에는 '마취 중'이라는 글자가 떠 있었다. 그 아래 남편의 이름이 있었다. 그 글자만 바라보고 있었다. 시간이 흐르고 '수술 중'으로 바뀌었다. 수술이 시작된 것이다. 수술실 앞 의자에 앉아 있었지만 마음은 그 자리에 있지 않았다. 같은 생각이 계속 맴돌았다. 급히 누군가 나를 부르는 장면, 좋지 않은 말을 듣는 순간이 머릿속에서 반복됐다. 멈추려고 해도 끊어지지 않았다. 생각이 꼬리에 꼬리를 물고 이어졌다. 눈을 감아도, 고개를 흔들어도 사라지지 않았다.

이대로 앉아 있으면 계속 같은 생각 속에 갇힐 것 같았다. 그 자리에서 벗어나야 했다. 나는 자리에서 일어나 병실로 향했다. 남편이 누워 있었던 침대에 누웠다. 보호자용 간이침대에서 밤새 뒤척였던 몸이 풀리면서 마음도 조금 가라앉았다.

2장 삶과 죽음 사이의 시간

‘편안한 마음으로 기다리면 오빠도 잘 끝나고 나올 거야.’

나도 모르게 잠이 들었다.

“김도현 보호자님.”

누군가 부르는 소리에 눈을 떴다. 눈앞에 교수님이 서 계셨다.

“잠깐 밖으로 나오세요.”

수술이 벌써 끝났나 보다. 교수님은 밖으로 나가시더니 병실 앞 복도를 지나 더 안쪽으로 걸어갔다. 밝은 복도 끝 코너를 돌아가니 어두컴컴했고 병실의 복도에서 이어지는 빛이 조금 들어올 뿐이었다. 왠지 불길한 느낌이었다.

‘왜 여기서 말씀하시지.’

짧은 순간이지만 머릿속엔 여러 가지 생각이 소용돌이처럼 일었다.

교수님이 말했다.

“수술은 잘 끝났습니다. 그런데 수술에 들어가 보니 생각보다 상태가 좋지 않았습니다. 복막 전이가 시작된 상태였고, 유착이 심해서 소장이 거의 다 붙어 있었습니다.”

나는 숨을 멈추고 그 말을 들었다.

"그런데 유착된 아래쪽으로는 암세포가 퍼지지 않고 막혀 있었습니다. 보통 전이가 있으면 수술하지 않고 닫고 나옵니다. 그런데 환자분이 너무 젊어서 그냥 나올 수 없었습니다."

젊어서 그냥 나올 수 없었다는 말이 귀에 꽂혔다.

"위는 전절제했고, 보이는 암세포는 제거했습니다. 유착 때문에 원래 위치가 아닌 아래쪽에서 소장을 끌어올려 연결했습니다. 다른 사람은 10을 쓴다면, 환자분은 1만 쓴다고 보시면 됩니다. 식사도 훨씬 조심해야 합니다. 수술은 최선을 다했습니다. 이제 경과를 봐야 합니다."

나는 겨우 물었다.

"남편은 몇 기인가요?"

"4기입니다."

머릿속이 하얘졌다. 4기라니, 생각하지도 못했다. '아닐 수도 있습니다.'라는 말에 집착하듯 매달리고 있었다. 그 말 하나 붙잡고 여기까지 버텨왔다. 1기여서 수술만 하고 금방 퇴원하는 모습을 수없이 그려봤다. 내과에서 들었던 말들은 그저 지나가는 꿈이었기를 바랐다.

그런데 전이라니.

그 말 한마디에 지금까지 붙잡고 있던 모든 상상이 한순간

2장 삶과 죽음 사이의 시간

에 무너졌다. 몸이 바닥으로 꺼지는 것 같았다. 숨이 가슴까지 차올랐지만 제대로 내쉬어지지 않았다. 머릿속은 텅 빈 것 같으면서도 동시에 너무 많은 생각이 밀려들었다.

아닐 수도 있습니다.
그 말이 다시 떠올랐다. 그런데 이번에는 희망이 아니라, 붙잡고 있던 마지막 끈이 끊어지는 소리처럼 들렸다. 나는 그 말을 믿고 있었던 게 아니라, 그 말에 기대서 버티고 있었던 거였다.
교수님의 말은 이미 끝났는데도 나는 그 자리에 서 있었다. 발이 떨어지지 않았다. 한 발짝만 움직이면 모든 게 현실이 되어버릴 것 같았다. 결국 다리가 힘을 잃듯 꺾였고, 나는 그 자리에 주저앉았다.

휴대폰이 울렸다. 아주버님의 전화였다. 수술은 끝났는데 전이가 됐다고 말했다. 말을 하면서도 내가 무슨 말을 하는지 실감이 나지 않았다. 전화를 끊고도 한동안 아무것도 할 수 없었다. 울어도 달라지는 건 없다는 걸 알면서도 눈물이 멈추지 않았다.

끝에서 나는 삶을 만났다

며칠 전 읽었던 책을 떠올렸다. 병실로 돌아가 무서워서
넘겨버렸던 페이지를 다시 펼쳤다.

'위암 4기의 5년 생존율은 8%'

그 숫자를 보는 순간 몸 안의 힘이 빠져나가는 것 같았다.
병실에 있을 수 없어 복도로 다시 나왔다. 사람들의 시선을 피
해 어두운 복도 끝으로 갔다. 바닥에 무릎을 꿇고 엎드렸다.
"하나님, 부처님 제발 저 좀 도와주세요."
기도문을 꺼내 읽었다.
"미안합니다. 나를 용서하세요. 고맙습니다. 사랑합니다."
몇 번이고 반복했다.
그때 전화가 울렸다.
회복실에서 걸려온 전화였다. 아직 깨어나지 않았지만 문
제는 아니고 계속 주무시는 거라고 했다. 너무 늦어져서 걱
정할까 봐 연락을 준 거였다. 나도 모르게 웃음이 났다.
오빠답다.
병실로 돌아왔다. 잠시 후 복도에서 바퀴 소리가 들렸다.
남편이 올라오고 있었다. 잠에서 깨어나지 않은 남편은 몸에
피 주머니를 달고 있었고 얼굴에는 산소 호흡기가 씌워져 있

2장 삶과 죽음 사이의 시간

었다. 이동식 침대 거치대에는 산소통과 진통제 기계, 이름 모를 약물통들이 얽혀 매달려 있었다. 간호사와 이송 직원들이 시트를 잡고 남편을 들어 올렸다. 힘없이 늘어진 몸이 병실 침대로 옮겨졌다. 몇 시간 전까지만 해도 걸어 다니던 사람이 전혀 다른 모습으로 누워 있었다.

간호사는 전신마취를 하면 폐가 쪼그라들어 있으니 계속 깨워서 호흡을 시켜야 한다고 했다. 잠들려고 하면 깨우고, 아프다고 하면 진통제 버튼을 눌러주라고 했다. 산소포화도가 낮아서 계속 호흡하도록 도와줘야 한다는 말을 여러 번 반복해서 말했다.

어렴풋이 눈을 뜬 남편이 나를 바라봤다.
"우리 현정이야? 나 수술 끝난 거야? 나 살아있는 거 맞지?"
"응, 나 여기 있어. 수술 잘 끝났대. 잠들면 안 돼. 계속 숨 쉬어야 해."
남편은 눈을 감은 채 손을 더듬어 내 손을 찾았다. 그 손을 꽉 잡았다. 아무렇지 않은 척했지만 남편의 손에는 힘이 들어가 있었다.

끝에서 나는 삶을 만났다

남편의 호흡은 점점 느려졌고 산소포화도는 계속 떨어졌다. 수치가 내려갈 때마다 간호사들이 급히 들어와 산소를 조절했다. 불이 꺼진 병실에, 한쪽 끝만 침상 조명이 밝게 켜져 있었다. 우리는 그 안에서 밤을 버티고 있었다.

"오빠, 잠들면 안 돼. 일어나서 숨 쉬어."

"아파 죽겠는데 왜 자꾸 깨워. 그만 좀 깨워."

잠이 들려는 순간마다 깨우는 일이 반복되자 남편은 결국 화를 냈다. 그때 간호사가 단호하게 말했다. 보호자에게 소리 지르고 짜증 내면 보호자를 집에 보내고 간호사들이 더 크게 깨운다고 했다. 그는 간호사의 말을 듣고 아무 말도 하지 못했다. 나는 다시 남편을 깨웠다. 산소포화도는 쉽게 올라오지 않았고 호흡은 불안정했다. 옆 병상에서 자고 있는 사람들의 눈치도 보였다. 오늘따라 '스페셜 코드 블루'[4] 방송이 더 크게 들렸다. 어디선가 위급한 상황이 벌어지고 있다는 신호였다. 그 소리를 들으며 보이지 않는 누군가와 그 보호자를 위해 같이 기도했다.

이 밤이 무사히 지나가기를.

---

4 심폐 소생이 필요한 긴급 상황이 발생할 경우, '스페셜 코드블루 ○○과'를 방송하여 상황을 알린다.

길고 긴 밤이 지나고 아침이 왔다. 커튼을 열며 옆 보호자
에게 말했다.

"죄송해요. 저희 때문에 못 주무셨죠."

"괜찮아요. 어쩔 수 없는 거죠."

그 한마디에 마음이 놓였다. 남편도 겨우 몸을 일으켰다.

"현정아, 미안해. 너무 아파서 잠이라도 자고 싶은데 계속
깨우니까 화가 났어. 나도 조심할게. 예민하게 굴어도 조금
만 이해해줘."

"알았어. 얼마나 아프겠어. 일어나서 몸무게 재러 가자."

하루 사이에 체중이 5kg이나 줄어 있었다. 오늘부터는 움
직여야 한다고 했다. 걷는 만큼 회복이 빨라진다고 했다. 복
도를 천천히 걸었다. 병실 문에 붙어 있는 이름과 나이가 눈
에 들어왔다. 대부분 60대, 70대였다. 남편은 그중에서 막
내였다. 나는 막내니까 다른 분들보다 한 바퀴 더 돌아야 한
다고 말했고, 남편은 대답 대신 병실이 보이자마자 발걸음을
재촉했다.

남편은 계속 금식을 해야 했다. 나는 혼자 밥을 먹기가 미
안해서 빵이나 김밥으로 간단히 때웠다. 남편은 나를 보더
니 대충 먹지 말고 보호자 밥을 시켜 먹으라고 했다. 나는 괜

끝에서 나는 삶을 만났다

찮다고 했다. "오빠는 못 먹는데 나는 먹기라도 하잖아." 하고 웃으며 넘겼다. 밥을 다 먹고 복도로 나왔다. 남편은 아무것도 안 먹은 사람이 왜 운동을 해야 하냐며 밥은 너 혼자 먹고, 운동은 왜 같이 하냐고 했다. 우리는 그렇게 별것 아닌 말로 웃으며 병원 복도를 천천히 걸었다.

처음에는 한 바퀴도 힘들어했지만 점점 두 바퀴, 세 바퀴로 늘어났다.

"숨 한번 크게 내쉬어봐. 내쉴 때 나쁜 건 다 빠져나가고, 들이마실 때는 몸이 좋아지는 거야. 걸을수록 더 좋아지고 있어."

"조용히 좀 해."

"계속할 거야. 말하는 대로 된다잖아. 오빠가 할래?"

"아니야. 그냥 네가 해."

복도의 끝을 돌아 특실 쪽으로 향했다. 창밖에는 불빛이 반짝이고 있었다.

"오빠, 저기 봐. 한강인가 봐. 오빠 덕분에 우리가 이런 데서 살아보네. 고마워."

"제정신 아니지?"

2장 삶과 죽음 사이의 시간

“이 상황에 제정신이면 더 이상한 거 아니야?”

우리는 마주 보고 웃었다.

지옥 같을 거라고 생각했던 시간이, 조금씩 다른 얼굴을
보이기 시작했다.

끝에서 나는 삶을 만났다

5

다시는 만나지 맙시다

일주일이라 예상했던 입원 기간은 더 길어졌다. 남편은 다른 환자보다 사용할 수 있는 소장이 짧아 금식을 더 오래 유지해야 했다. 음식을 먹고 새는 곳이 있는지 확인하기 위해 CT를 찍고 나서야 식사를 시작할 수 있었다. 일주일째 금식을 이어가던 남편은 매일 1kg씩 빠지더니 어느새 10kg 가까이 줄어 있었다. 가장 작은 환자복조차 헐렁해져 골반에 간신히 걸쳐 있었다.

남편은 점점 잘 걷게 되었고 병실 밖으로 나가는 시간도 늘어났다. 1층 전시회도 둘러보았다. 오랜만에 병실을 벗어나 바깥 공기를 마신 남편이 말했다. 밖에 나오는 게 이렇게 힘든 줄 몰랐다고 공기만 마셔도 좋다고 했다.

나는 여전히 옆에서 중얼거렸다. 걸을 때마다 좋아진다, 숨 쉴 때마다 좋아진다, 내쉴 때마다 나쁜 건 다 빠져나간다 고 혼잣말처럼 계속 반복했다. 남편은 그걸 언제까지 할 거 냐고 물었고, 나는 다 나을 때까지 할 거라고 말했다. 전시회 를 보러 온 것도 사실은 더 많이 걷기 위해서였다. 일부러 멀 리 돌아가고, 매점을 핑계로 걷는 시간을 늘렸다. 때로는 돌 아오지 못하고 중간에 앉아 쉬기도 했다.

잠들기 전에는 아이들과 약속한 대로 영상 통화를 했다. 통화를 끊고 나서도 바로 잠들 수가 없었다. 아이들이 써준 편지를 다시 꺼냈다. 접힌 자국을 펴서 천천히 읽었다. 몇 번 이나 읽었던 글인데도 볼 때마다 다르게 보였다.

남편은 아이들이 자기들 냄새를 기억하라며 싸준 옷을 꺼 내 들었다. 얼굴 가까이 가져가 냄새를 맡고, 아무 말 없이 가슴에 안았다. 잠자리에 들 때는 그 옷을 끌어안은 채 눈을 감았다. 나는 그 모습을 가만히 보고 있었다.
나의 시선이 느껴졌는지 남편이 갑자기 왜 그러냐고 물었

끝에서 나는 삶을 만났다

고 나는 아이들이 너무 보고 싶다고 말했다. 말을 꺼내자마자 나는 더 이상 말하지 못했다. 남편은 장난처럼 엄마 우는 거 보여줘야겠다고 영상 통화를 걸었다. 화면 속 아이들은 밝게 웃고 있었다. 손에 들고 있는 편지를 본 아이들이 매일 읽었냐고 물었다. 나는 매일 읽었다고, 옷 냄새도 맡았다고 말했다. 아이들은 울지 않았다. 오히려 울지 말라고, 아빠 퇴원하면 만나면 되지 않느냐고 나를 달랬다. 나는 좋아서 우는 거라고 말했지만, 사실은 알고 있었다. 나는 보고 싶어서 참지 못했고, 아이들은 참고 있다는 걸.

며칠 뒤, CT 검사 결과 수술 부위에 이상이 없다는 말을 들었다. 미음부터 시작해 죽을 먹기 시작했다. 그런데 간식을 먹다가 문제가 생겼다. 카스텔라와 두유를 함께 먹은 남편이 갑자기 얼굴이 하얗게 질리더니 헛구역질을 했다. 앉지도 서지도 못한 채 화장실을 오갔다.

그때 식사 상태를 확인하러 온 영양사가 두유는 빨대로 먹으면 안 되고 찍어 먹어야 한다고 말했다. 그 말을 듣는 순간 화가 치밀어 올랐다. 위 수술하고 처음 먹는 환자인데 먹는 방법을 먼저 알려줬어야 하는 거 아니냐고 했다. 그제야 영양사는 사과하며 안내문을 주고 설명했다. 남편은 한참 뒤에야 숨을 고르며 말했다.

"두유는 다시는 못 먹겠다. 죽다 살았네."

나는 그런 남편을 옆에서 바라보는 것 말고는 할 수 있는 게 없었다.

퇴원을 앞두고 종양내과 전공의가 병실을 찾아왔다. 항암치료 준비를 위한 검사를 진행했고, 검사 이상이 없으면 일주일 뒤 바로 시작한다고 했다. 나는 항암치료를 몇 번이나 하는지 물었다. 전공의는 교수님과 상담하면서 결정하게 될 거라고 했다. 그래도 보통 어느 정도 하는지 알고 싶다고 다시 물었다.

종양내과 전공의는 나를 복도로 불러냈다.

"보호자님, 전이의 의미를 알고 계신 거예요? 전이된 환자들은 짧으면 6개월, 보통은 1년 정도 사세요. 물론 다 그렇다는 얘기는 아니고요. 5년 생존율은 8% 정도 됩니다. 100명 중 8명 정도만 5년 넘게 산다는 말이에요."

그 말을 듣는 순간 내가 아직 상황을 제대로 이해하지 못하고 있었다는 걸 알았다. 알고 있던 숫자였지만 직접 듣는 말은 전혀 달랐다. 병실로 돌아왔지만 아무 말도 할 수 없었다.

남편은 의사가 뭐라고 했냐고 물었지만 나는 검사 괜찮으면 다음 주에 항암치료를 시작한다고만 말했다. 그 이상은 말할 수 없었다. 머릿속이 텅 빈 것 같았다. 아무 생각도 나지 않는데 눈은 계속 핸드폰을 보고 있었다. 화면을 보고 있었지만 무엇이 재생되고 있는지도 몰랐다. 남편이 옆에서 말을 걸어도 뭐라고 하는지 알 수 없었다. 엉뚱한 대답이 돌아오자 남편은 핸드폰이나 보라며 더 이상 말을 걸지 않았다.

나는 그대로 창문 쪽을 바라봤다. 커튼이 바람에 흔들렸다. 천이 움직일 때마다 창가 끝 침대가 보였다가 가려졌다. 그 사이로 한 남자가 보였다. 그는 침대 끝에 앉아 간호사의 말을 듣고 있었다. 퇴원하고 술은 언제부터 먹어도 되냐고 묻는 소리가 들렸다. 간호사는 당황한 기색을 하며 술은 드시면 안 된다고 말했다.

간호사의 말이 이어졌다. 주변을 의식한 듯 목소리를 낮춰 조용히 설명해서 뒤에 하는 말이 잘 들리지 않았다. 같은 병실 안에 여섯 명이 있었다. 각자 다른 이유로, 다른 상태로 이곳에 누워 있었다. 대부분은 1기였다. 항암도 하지 않는다고 했다. 그런데 우리는 4기였다. 일주일 뒤면 항암치료를 시작해야 했다. 같은 공간에 있는데 전혀 다른 시간을 살고 있는 것 같았다.

그 장면을 보고 있는데 이상하게 마음이 움직였다. 절망이 아니라 설명하기 어려운 감정이 가슴 안에서 올라왔다. 오기였다.

나는 남편을 바라보며 말했다.

"오빠, 다른 건 몰라도 우리가 저분보다 오래 살 것 같아."

남편이 왜 그러냐고 물었다.

"우리는 바꿀 거니까. 술도 끊고, 생활도 바꾸고, 다 바꿀 거니까."

말을 하면서도 그게 그냥 말이 아니라는 걸 알았다. 어떻게든 살아야겠다는 생각이 분명해졌다.

나는 바로 책을 펼쳤다. 퇴원하면 무엇을 해야 할지 몰라 막막했는데 그 막막함을 붙잡을 무언가가 필요했다. 입원 기간이 길어지면서 선물 받은 책들을 하나씩 읽기 시작했다. 그중에서 『대사 치료 암을 굶겨 죽이다』라는 책이 눈에 들어왔다. 암은 갑자기 생기는 것이 아니라 오랜 시간 쌓인 생활과 식습관이 만든 결과라고 했다. 그렇다면 반대로 생각할 수도 있었다. 지금부터라도 바꾸면 늦지 않을 수도 있다는

끝에서 나는 삶을 만났다

것. 나는 그 문장을 몇 번이고 다시 읽었다.

　퇴원 전, 수술해준 교수님을 찾아갔다. 잘 회복하고 있으니 이제 퇴원해도 된다는 말을 들었다. 감사하다고 인사를 하며 다음에 또 뵙겠다고 말하는 순간, 교수님이 손을 멈추고 우리를 바라봤다.

　"우리는 다시 만나면 안 되는 사이입니다. 나는 수술하는 사람이에요. 또 온다는 건 어디가 아프다는 뜻입니다. 다시는 만나지 맙시다."

　순간 말문이 막혔다. 다시는 안 뵙겠다고 인사를 했다.

　진료실을 나와 남편을 바라봤다. 나는 가슴을 쓸어내리며 다음에 또 보자고 할 뻔했다고 말하자 남편이 웃었다.

　나는 남편에게 다시 말했다.

　"우리 다시는 이곳에 오지 말자."

　그 말은 인사가 아니라 스스로에게 건네는 다짐이었다.

6

벽에 그어진 선 하나

10일 만에 퇴원했다. 아이들은 학교에 가고 집은 비어 있었다. 짐을 대충 내려놓고 곧장 아이들을 데리러 학교로 향했다.

입원하던 날에도 넷이서 같은 길을 걸었다. 양손에 아이들을 잡고 번쩍 들어 올리기도 하고, 달리기 시합을 하며 웃음이 끊이지 않았던 길이었다. 그런데 퇴원 후 남편은 그 길을 제대로 걷지 못했다. 봉합 부위는 아직 아물지 않아 스테이플러로 고정된 상태였고, 조금만 숨이 차도 배가 들썩이며 통증을 느꼈다. 10kg 넘게 빠진 몸 때문에 바지는 자꾸 흘러내렸고, 손으로 바지를 붙잡고 걸어야 했다. 느리고 어정쩡

한 걸음이었다.

그 모습을 보는 순간 '중증 환자'라는 단어가 머릿속을 스쳤다. 눈물이 차올랐다. 나는 아이들을 먼저 데리러 가겠다며 발걸음을 재촉했다. 남편은 더 걷기 힘들다고 벤치에 앉아 기다렸다.

아이들은 멀리서 나를 알아보고 허둥지둥 신발을 갈아 신었다. 얼마나 급했는지 벗어놓은 실내화를 다시 신고, 신발을 제대로 신지도 못한 채 달려와 내 품에 안겼다.
아이들을 꼭 끌어안고 머리를 쓰다듬으며 한참을 그렇게 있었다. 잘 지냈냐는 말, 보고 싶었다는 말이 이어졌지만 눈물이 날 것 같아 더 말을 하지 못했다. 우리는 더 이상 설명하지 않았고 웃으며 서로를 꼭 안았다.

남편이 있는 쪽으로 걸어가며 아이들에게 말했다. 아빠가 아직 아파서 세게 안으면 안 되고, 뛰어가면 안 된다고 몇 번이나 말했지만 반가운 마음을 참지 못하고 달려갔다.
"아빠!"
"우리 아빠 맞아? 왜 이렇게 날씬해졌어?"

남편은 웃으며 말했다.

"이제 엄마보다 날씬하다니까. 진짜지?"

아이들은 웃으며 나를 봤다.

"아니거든. 아직 엄마가 더 날씬해."

그 말을 하는데 웃음이 났다. 그동안의 시간이 잠깐의 꿈처럼 느껴졌다.

집에 돌아오자마자 아이들은 침대로 뛰어들었다. 엄마도 와서 같이 누우라며 손을 잡아끌었다. 나는 아이들 사이에 누웠다. 엄마 아빠 없어도 잘 지내줘서 고맙다는 말, 엄마랑 이렇게 누워 있는 게 너무 하고 싶었다는 말들을 나누며 아이들을 꼭 안고 한참을 있었다.

저녁을 준비하려고 주방에 들어섰다. 그동안 아무 생각 없이 사용했던 것들이 눈에 들어왔다. 조미료, 플라스틱 용기, 익숙했던 재료들. 손이 멈췄다. 그동안 내가 만든 음식들이 남편의 몸을 망가뜨린 건 아닐까 하는 생각이 스쳤다. 두려움이 올라왔다.

브로콜리를 베이킹소다 물에 담그며 손을 바라봤다. 며칠 사이에 바뀌어버린 비현실적인 이 순간이 사실인가 싶었다.

끝에서 나는 삶을 만났다

울컥 눈물이 올라왔다.

남편은 작은 그릇에 담긴 죽도 다 먹지 못했다. 티스푼으로 천천히 먹었다. 나는 계속 남편을 힐끗거리며 보고 있었다. 남편은 자꾸 보지 말라며 부담스럽다고 했고, 나는 걱정돼서 그런 거라며 시선을 거두었다. 화장실에 들어간 남편이 오랫동안 나오지 않으면 문에 귀를 대고 앞에서 기다렸다. 괜찮냐고 물으면 남편은 그만 좀 하라며 짜증 섞인 대답을 했다. 아이들은 그 모습을 보며 아빠가 우리 집 셋째 같다며 깔깔 웃었다. 나는 웃으면서도 마음 한쪽이 계속 불안했다. 남편이 잠들면 손가락을 코에 대보았다. 숨을 쉬고 있는지 확인해야 마음이 놓였다.

새벽에 눈이 떠졌다. 거실 식탁에 앉아 잠든 남편을 바라봤다. 병원에서의 시간은 그렇게 길게 느껴졌는데 지나고 나니 한순간 같았다.

멍하니 바라보다 문득 소파 뒤, 벽에 붙어 있는 길쭉하고 검은 것이 눈에 들어왔다. 노래기였다. 어릴 적 수돗가에서 보던 그 벌레였다. 왜 저게 집에 있지 싶었다. 온몸에 소름이 돋았다. 그때 맡았던 에프 킬라 냄새까지 생생하게 떠올랐다. 미간이 저절로 찌푸려졌다.

휴지를 가져와 최대한 멀리서 손을 뻗어 잡았다. 손끝에 벌레가 있다는 느낌이 싫어 숨을 참고 화장실로 달려갔다. 변기에 버리고 물을 내렸다.

한숨을 내쉬며 거실로 돌아왔는데 이상했다. 그대로였다.

다시 벽을 바라보는데 같은 자리에 그대로 붙어 있었다. 천천히 다가갔다. 이번에는 손을 뻗지 않고 가까이서 바라봤다. 움직이지 않았다.

그건 벌레가 아니었다. 아이들이 네임펜으로 그어놓은 선이었다.

나는 한동안 그 자리에 서 있었다.

방금 전까지 그것을 벌레라고 믿고 온몸을 굳히고 있었던 내 모습이 떠올랐다. 그리고 동시에 '암'이라는 말 하나에 짓눌려 있던 나의 모습이 겹쳐졌다. 같은 거였다. 나는 사실을 보고 있었던 게 아니라, 내가 두려워하는 것을 보고 있었다. 벽에 그어진 선은 그대로인데, 내가 다르게 보고 있었던 것뿐이었다.

벽을 보며 천천히 숨을 내쉬었다. 나는 남편을 있는 그대로 보지 못하고 있었다. 자꾸 아픈 모습만 보였고, 더 나빠질

끝에서 나는 삶을 만났다

것 같은 장면을 먼저 떠올리고, 아직 일어나지 않은 일까지
미리 겁을 먹고 있었다.

나는 마음속으로 말했다.
"이제 다르게 보자."
나는 남편 옆에 누워 팔베개를 하고 심장 소리를 들었다.
규칙적으로 뛰는 소리가 손바닥에 전해졌다.
살아 있었다. 그 사실 하나는 분명했다.

그날 이후 나는 더 이상 묻지 않았다. 어디가 아픈지, 괜찮
은지, 확인하듯 묻는 말을 멈췄다. 대신 오늘 더 좋아 보인다
고 말했다. 어제보다 얼굴빛이 좋아졌다고, 걷는 것도 훨씬
편해 보인다고 말했다. 남편은 어리둥절한 표정으로 나를 보
다가 이내 작게 웃었다.
나는 가족들에게도 같은 말을 했다.
하루가 다르게 좋아지고 있다고.
그날 이후 우리 가족이 사용하는 말이 달라졌다.

7

이거 먹는다고 안 죽어

남편 덕분에 우리 가족은 식습관을 바꾸기 시작했다. 무엇을 먹느냐가 몸을 만든다는 사실을 처음으로 깊이 생각하게 됐다. 건강한 것으로 식재료를 고르게 되었고, 메뉴 선택할 때도 더 신중해졌다.

나는 공부를 시작했다. 암에 대해, 몸에 대해, 먹는 것에 대해. 알면 알수록 무서워졌고 그래서 더 철저해졌다. 암세포는 정상 세포보다 훨씬 빠르게 포도당을 끌어다 쓰며 증식한다는 사실도 알게 됐다. 먹는 것이 곧 암세포의 연료가 될 수도 있다는 뜻이었다. 나는 더 신중해졌다. 이제 음식은 단순한 끼니가 아니라 치료의 일부처럼 느껴졌다.

하지만 머리로 아는 것과 실제로 지키는 것은 전혀 다른 문제였다. 남편은 항암치료를 버텨야 했다. 몸이 버텨야 다음 치료도 이어갈 수 있었다. 병원에서는 먹고 싶은 것을 먹고 체력을 유지하는 것이 중요하다고 했다.

나는 또 다른 방향을 보고 있었다. 대사 치료 관점에서 식단을 관리하면 도움이 될 수 있다는 사실을 알게 되었기 때문이다. 둘 중 어느 것이 맞는지는 확신할 수 없었다. 나는 내가 할 수 있는 것들을 하나씩 바꾸기 시작했다. 샐러드의 양을 조금씩 늘렸다. 접시에 따로 담던 채소를 밥그릇에 먼저 담았다. 남편은 위가 없어서 많이 먹을 수 없었기 때문에 자연스럽게 뒤에 먹는 탄수화물의 양이 줄어들었다.

샐러드 양이 늘었다는 말을 들으면 그릇이 커서 그렇게 보이나 보다 하고 대충 얼버무렸다.

항암치료가 반복될수록 남편의 식사량은 점점 줄었다. 속이 울렁거려 기름기 있는 음식은 입에도 대지 못했다. 나물에 들어간 참기름, 마늘 냄새도 울렁거린다고 해서 최소한의 양념만 넣었다. 소금과 간장만으로 간을 해도 먹는 것을 힘들어했다. 그래서 스프를 만들어봤다. 양파, 양배추, 연근,

2장 삶과 죽음 사이의 시간

두유를 넣고 끓인 스프는 그나마 잘 먹었다. 하루에 두 번씩 밥 대신 챙겨 먹였다.

그렇게 식단을 지켜가던 어느 날이었다.

남편이 갑자기 군만두를 먹고 싶다고 했다.

나는 못 들은 척하고 가만히 있었다.

밤이기도 했고, 밀가루라서 더 망설여졌다. 스프를 데워주겠다고 했지만 남편의 표정이 굳었다. 그리고 갑자기 목소리가 커졌다.

"내가 언제 스프 먹고 싶다고 했어? 만두 먹고 싶다고 했지. 혈당이고 뭐고 너 때문에 굶어 죽겠다. 나가서 사 먹을 테니까 하지 마."

그 말이 가슴을 찔렀다. 싱크대 앞에 서서 등을 돌린 채 한동안 서 있었다.

나는 남편을 살리겠다고 생각했다. 그래서 더 엄격해졌다. 그런데 그게 정말 남편을 위한 걸까. 나는 남편을 위한다고 하면서 더 힘들게 하고 있는 건 아닐까 하는 생각이 들었다. 내가 하고 있는 행동이 도움이 아니라 부담이 될 수도 있었다.

나는 생각을 정리한 뒤 돌아섰다.

끝에서 나는 삶을 만났다

남편을 바라보며 천천히 말했다.

"나는 오빠가 좋아한다고 해줬던 음식들이 오빠를 아프게 만든 것 같았어. 그게 너무 죄책감이 들더라. 그래서 나쁜 음식은 안 하겠다고 마음먹었어. 그런데 오빠가 나 때문에 힘들다고 하니까 해줄게."

잠깐 멈췄다가 덧붙였다.

"대신, 이거 먹으면서 우리 그렇게 생각하자. 이 음식도 오빠를 살리는 음식이라고."

남편이 나를 보며 목소리에 힘을 실어 말했다.

"그럼. 이거 먹는다고 안 죽어. 나는 만두 먹고 나을 거야."

그 말에 나도 웃음이 났다.

"그래. 그럼 만두 먹고 낫자."

만두를 굽는 동안 샐러드를 먼저 내밀었다. 남편은 만두 많이 먹어야 해서 샐러드는 안 먹겠다고 했다. 그러면서 아이처럼 젓가락을 들고 앉아 있었다. 기대하는 얼굴이었다.

그 얼굴을 보는 순간 알았다. 내가 놓치고 있었던 것이 무엇인지.

나는 남편을 위해서라고 생각하며 많은 것을 통제하려 했다. 먹는 것, 생활, 선택까지. 하지만 그건 '함께'가 아니라 '관리'였다. 남편의 삶인데 내가 대신 결정하려 하고 있었다. 먹을지 말지, 어떻게 할지는 남편의 몫이었다. 나는 그 옆에 있는 사람일 뿐이었다.

그 순간 나는 남편을 살리려고 애쓰기보다 남편과 함께 살아가기로 마음먹었다.

끝에서 나는 삶을 만났다

8

반찬 가방 속 오가는 편지

코로나로 집합이 금지되고 예방 접종 확인서가 있어야 마트 출입이 가능했던 시기였다. 사람과의 접촉을 최소화해야 했지만 나는 오히려 일자리를 찾아야 했다. 항암 치료 중인 남편이 일을 할 수 없게 되자 내가 생계를 책임져야 했기 때문이다. 그러려면 뭐라도 시작해야 했다. 경력을 쌓아야 한다는 생각뿐이었다.

보육교사 자격증이 있었기에 관련 일을 찾기 시작했다. 남편과 아이들을 돌보려면 하루 종일 일할 수는 없었고, 반나절 근무에 집과 가까운 곳이어야 했다. 아이들을 학교에 데려다주고 돌아오는 길, 평소처럼 교차로 신문을 집어 들었다. 대충 훑어보다 내려놓으려는 순간 보이지 않던 구인 광고 하나가 눈에 들어왔다. 하루 3시간 근무에 월급 60만 원. 집에서 걸어갈 수 있는 거리였다. 망설일 틈도 없이 전화를 걸었다. 면접을 보고 바로 일을 시작했다. 어린이집에서 하원을 돕는 일이었다.

한 주가 지나고 금요일이었다. 퇴근 후 몸이 으슬으슬 떨렸다. 감기약을 먹고 일찍 잠자리에 들었다. 다음 날, 병원에서 코로나 검사도 했지만 음성이었다. 그런데도 몸이 이상했다. 걷기도 힘들 정도로 기운이 빠졌고 수액을 맞고 나서야 겨우 집으로 돌아올 수 있었다. 이불을 세 겹으로 덮었는데도 몸이 계속 떨렸다.

그때 메시지가 도착했다.

어린이집 확진자 발생. 밀접 접촉자 자가 격리 대상자.

핸드폰을 들고 몇 번을 다시 읽었다. 항암 중인 남편, 떨어지는 면역력, 그리고 코로나. 머릿속이 하얘졌다. 가족 모두 검사를 받았다. 첫 번째 검사에서는 음성이었다. 그런데 나는 두 번째 검사에서 양성 판정을 받았다.

고위험군이었던 남편은 곧바로 짐을 챙겨 옆 동에 사는 언니네 집으로 갔다. 아이들은 그날 오후부터 열이 오르기 시작했다. 해열제를 먹여도 열은 떨어지지 않았고 몸은 축 늘어져 제대로 일어나지 못했다. 보건소에서 받은 기기로 심박동을 확인했더니 150이 넘었다. 너무 빨랐다. 병원을 가야 했다.

하지만 받아주는 병원이 없었다. 확진 가능성이 높다는 이유였다. 몇 번의 전화 끝에 겨우 한 곳을 찾았다. 나는 확진자라 외출이 불가능했고 아이들과 함께 갈 수 없었다. 남편은 항암 중이라 아이들을 데리고 움직일 수 없는 상황이었고 큰언니 역시 남편과 함께 생활하고 있었기에 선뜻 나설 수 없었다.

결국 선택은 하나였다. 119 구급대원이 아이들을 데리고 병원에 다녀와 주기로 했다.

아이들이 울기 시작했다.

"엄마, 안 갈래. 우리 이제 안 아파. 병원 안 가도 돼."

아이들을 꼭 안았다. 나도 울고 있었지만 티 내지 않으려고 애썼다.

"지금 심장이 너무 빨리 뛰어서 병원에 가야 해. 119 아저씨

들은 아픈 사람 도와주시는 분들이야. 무서운 사람 아니야.”

아이들을 바라보며 말을 이었다.

“아빠 아플 때 너희도 속상했지? 너희까지 아프면 엄마는 더 속상해. 한 번만 다녀와 주면 안 될까.”

아이들은 울면서 고개를 끄덕였다.

우리는 보건소에서 받은 파란 방역복을 입고 14층에서 계단으로 내려갔다. 엘리베이터를 이용할 수 없었기 때문이다. 재난 영화에서나 보던 모습 그대로였다. 아이들을 119 구급대원에게 맡겼다. 구급차의 문이 닫혔고, 아이들이 떠났다. 나는 혼자 집으로 올라왔다. 한 계단, 한 계단이 버겁기만 했다.

현관문을 닫는 순간 다리가 풀렸다.

‘내가 욕심내서 그런 건가.’

‘가만히 있었으면 됐잖아.’

‘왜 일을 하겠다고 해서.’

‘오빠도 아프고, 애들도 아프고.’

‘도대체 왜 나한테 이러는 거야.’

아무도 없는 집에서 엎드린 채, 숨이 끊어질 듯 울었다.

아이들은 병원 안으로 들어가지 못하고 병원 밖에서 진료를 받고 약을 받아 돌아왔다. 약을 먹고 나서야 심박동이 조금씩 내려갔고 열도 서서히 떨어지기 시작했다.

반면, 나는 열이 펄펄 끓고 맛도 냄새도 느껴지지 않았다. 그 외중에도 멈출 수 없는 일이 있었다. 남편의 식사였다.

나는 마스크를 쓰고, 비닐장갑을 끼고 뜨거운 물로 식기를 소독해 가며 남편이 먹을 음식을 만들었다. 그렇게 만든 반찬을 문앞에 두면 남편이 가지러 왔다. 우리는 가까이 있으면서도 만나지 못했다. 문 앞에서 바스락거리는 소리가 나면 아이들이 말했다.

"아빠 왔다."

문을 사이에 두고 이야기를 나눴다.

"아빠, 보고 싶어."

아이들은 문을 살짝 열었다. 남편은 계단 쪽으로 멀리 떨어진 채 손만 흔들었다. 아이들은 매일 반찬 가방에 편지를 넣었다. 남편도 답장을 써서 다시 넣어두었다. 우리는 문 하나를 사이에 두고 그렇게 이 주일을 버텼다.

9

딱 그렇게 6개월만 사세요

남편은 항암 횟수를 거듭할수록 부작용으로 점점 더 힘들어했다. 체력은 눈에 띄게 떨어졌고 하루 30분씩 걷는 것도 버거워했다. 추운 곳에 있으면 손발 저림이 심해졌고 차가운 것이 피부가 닿을 때면 살이 찢어지는 느낌이 난다며 냉장고에 있는 반찬을 꺼내는 것조차 힘들어했다.

속 울렁거림은 점점 더 심해졌다. 밥을 먹을 때마다 표정이 굳었고 불만이 쌓여갔다. 먹는 문제로 우리는 여러 번 부딪혔다. 나는 식단을 지켜야 한다고 생각했고 남편은 제대로 먹어야 한다고 생각했다. 서로 틀린 말은 아니었지만 마음은 자꾸 엇갈렸다.

남편은 자신의 상태를 정확히 모르고 있었고 나는 혼자 알고 버티고 있었다. 이 상태로는 더 이상 함께 갈 수 없겠다는 생각이 들었다. 제대로 알고 있어야 서로 협조할 수 있을 것 같았다.

식사를 마치고 소파에 앉아 있는 남편 옆으로 가서 조심스럽게 말을 꺼냈다. 수술 후 교수님이 했던 말, 복막으로 전이가 되었다는 말, 그래도 아래쪽으로는 퍼지지 못했다는 말, 원래 전이가 있으면 수술을 하지 않는데 남편이 너무 젊어서 수술을 했다는 말까지 하나씩 천천히 이야기했다.

그리고 마지막에 말했다.
4기라고.

잠시 멈췄다가 다시 말했다.
"4기 5년 생존율은 8% 정도래. 그런데 우리는 그 8%에 들어갈 거야. 그러면 우리에게는 100% 확률로 사는 거잖아. 그래서 나는 할 수 있는 건 다 해보고 싶어. 힘들어도 같이 해보자."

남편은 한동안 아무 말도 하지 않았다. 리모컨만 만지작거리며 TV를 보고 있었다. 그리고 한참 뒤에야 입을 열었다.

“너는 의사들 말을 믿냐? 내 몸은 내가 제일 잘 알아. 내 몸
인데 의사가 죽는다고 하면 죽어? 오빠는 절대 안 죽는다. 현
정아. 걱정하지 마.”

나는 웃으며 말했다. 긍정적인 건 좋지만 아무렇게나 해서
살아지는 건 아니니까 먹는 것도 신경 쓰고, 운동도 하고, 할
수 있는 건 다 해보자고 말했다. 나도 더 열심히 하겠다고 했
다. 남편은 말없이 고개만 끄덕였다.

하지만 그 이후로도 크게 달라지는 것은 없었다. 스스로
회복하려는 적극적인 모습은 보이지 않았고 나는 점점 지쳐
갔다. 긍정적인 건 좋지만 아무것도 하지 않는 긍정은 오히
려 더 답답했다.

나는 혼자 알고, 혼자 걱정하고, 혼자 애쓰는 느낌이었다.
어떻게 해야 할지 몰라 자연 치유 카페 매니저인 주마니아에
게 전화를 걸었다. 남편에게 상태를 말했는데도 치유에 적극
적이지 않지만 긍정적이라고, 이게 좋은 건지 모르겠다고 말
했다.

한참을 듣고 있던 주마니아는 남편이 긍정적인 것이 아
니라, 자신의 상태를 인정하지 않는 것이라고 말했다. 인정

끝에서 나는 삶을 만났다

을 해야 움직일 수 있다고 했다. 지금 남편은 '나는 멀쩡한데 왜?'라는 상태일 거라고 했다.

그 말을 듣고 나니 남편이 이해가 됐다. 남편은 여전히 괜찮다고 했다. 자기는 멀쩡하고 아무 문제 없다고 말했다. 주마니아의 말처럼 남편은 자신의 상태를 인정하지 못하고 있었다. 그런 사람에게 더 강하게 말하는 것도 쉽지 않았다. 그때 나는 알았다. 이 사람을 움직이게 할 무언가가 필요하다는 것을.

남편은 퇴사했고 우리는 캠핑카를 타고 여행을 떠났다. 아이들이 방학 중이라 열흘 정도 시간을 잡았다. 여행의 마지막 목적지는 부산이었다. 남편에게는 말하지 않았지만, 나는 부산에 있는 주열치료[5] 원장님을 만나고 싶었다.

부산에 도착해서야 나는 조심스럽게 말을 꺼냈다. 주열관에 잠깐 들렀다 가자고 했다. 남편은 단번에 화를 냈다. 여행 와서 왜 이런 데를 가냐며 싫어했다. 그래도 나는 포기하지 않았고 결국 주열관 근처까지 갔다. 하지만 좁은 골목 때문

---

5 승인받은 개인용 의료기기로 하는 치료

에 캠핑카를 주차할 수 없었고 차는 계속 엇갈렸다. 같은 골목을 몇 번이나 돌았다. 차 안의 공기가 점점 무거워졌다.

남편의 화가 터졌다.

"야, 더 이상은 안 돼. 갈 거면 너 혼자 가. 아니면 그냥 집에 가."

나는 아무 말도 하지 못했다. 차가 멈추자 문을 열고 내렸다. 문을 닫는 소리가 크게 들렸다. 뒤도 돌아보지 못하고 혼자 주열관으로 걸어갔다. 발걸음이 무거웠다. 그래도 멈출 수는 없었다.

문을 열고 들어가자 원장님이 나를 보자마자 자리에서 일어나 다가오셨다. 환한 미소로 반기며 나를 꼭 안아주셨다. 너무 갑작스러워서 아무 말도 하지 못하고 가만히 안겨 있었다. 혼자 버텨온 시간을 알아봐주는 사람을 만났다는 생각에 마음이 조금 풀어졌다.

원장님은 우리가 부산까지 오게 된 이유, 그리고 남편이 주열관에 오지 않은 이야기를 다 듣고 나서 잠시 생각하시더니 말씀하셨다.

"오기 싫은 사람은 오지 말라고 하세요."

끝에서 나는 삶을 만났다

단호한 말이었다.

그래도 포기할 수는 없었다. 다음 날 아침 다시 남편에게 부탁했다. 딱 한 번만 가자고, 오늘만 가자고 말했다. 남편은 한숨을 길게 쉬더니 아무 말 없이 따라나섰다.

주열치료가 끝난 후 원장님이 남편을 따로 불렀다. 나는 조금 떨어진 곳에 앉아 있었다. 원장님이 남편을 한참 바라보다가 낮은 목소리로 말했다.

"아이들하고는 잘 지내요?"

"네."

잠시 침묵이 흐른 뒤 원장님이 다시 말했다.

"그럼 그렇게 아이들하고 잘 지내다가, 딱 6개월만 살다가 먼저 가세요."

순간 숨이 멎는 것 같았다.

"현정 씨는 다시 잘 살 수 있어요. 그런데 아이들은 아니에요. 아빠 없이 사는 건 다릅니다."

남편은 아무 말도 하지 못했고 원장님은 침묵을 깨고 다시 한번 말을 했다.

"부산에서 집까지 몇 시간 걸려요?"

"4시간 정도요."

"시간 충분하네요. 가면서 혼자 생각해보세요. 어떻게 살
건지."

집으로 돌아오는 길, 차 안에는 아무 소리도 없었다. 남편
은 운전만 하고 있었고 나는 창밖만 보고 있었다. 네 시간 동
안 우리는 거의 말을 하지 않았다.

한참 뒤 남편이 조용히 입을 열었다.

"원장님 말. 너무 심한 거 아니야?"

나는 잠시 생각하다가 물었다.

"심한 것 같아?"

남편은 잠깐 웃더니 말했다.

"응. 좀 무섭더라."

나는 창밖을 보며 조용히 말했다.

"그게 현실이야."

남편은 다시 아무 말도 하지 않았다.

집에 도착해서 여행하며 사용했던 짐을 정리하고 있는데
남편이 갑자기 나를 불렀다.

"현정아. 나 뭐부터 하면 돼?"

나는 그 말을 듣는 순간 긴장이 풀리면서 웃음이 나왔다.
어렵게 생각하지 말고 할 수 있는 것부터 같이 해보자고 말
했다. 남편은 잠시 나를 보다가 고개를 끄덕였다.

끝에서 나는 삶을 만났다

“알았어. 해보자.”

그날 이후 남편의 말이 조금씩 바뀌기 시작했다. 싫다, 안한다는 말보다 오늘은 조금만 먹겠다는 말, 오늘은 힘들어서 쉬고 내일 더 하겠다는 말. 그 작은 변화가 나에게는 너무 크게 느껴졌다. 나 혼자서는 할 수 없었던 일이었다. 누군가의 말 한마디가 사람을 이렇게 바꿀 수도 있다는 것을 그때 처음 알았다.

3장

끝이라고 생각했는데 시작이었다

리본(reborn) 프로젝트

대사 치료 책을 읽고 나서부터 자연치유에 관심이 생겼다. 인스타그램에서 '위암 4기'를 검색하다가 자연치유로 건강하게 살고 계시는 '치유의 꽃'님을 보게 되었다. 게시물들을 하나씩 훑어보니, 이분이 정말 위암 4기가 맞나 싶을 정도로 얼굴에 빛이 났다. 광안리를 배경으로 맨발 걷기를 하며 찍은 사진, 숲속을 걸으며 남긴 사진들 속에서 그녀는 자연의 빛과 어우러져 자유롭고 편안해 보였다.

그녀와 달리 나는 하루가 다르게 지쳐가고 있었다. 가족들이 없을 때면 우울함에 잠식되어 침대에서 떨어질 줄 몰랐다. 건강한 내가 위암을 견디고 있는 그녀보다 훨씬 더 아파 보이고 슬퍼 보였다.

'나는 아프지도 않은데 왜 이렇게 내 삶을 비관하고 있었을까. 저분을 따라 하면 남편도 건강해지고, 내 표정도 밝아지겠지.'

그 생각이 들자 그녀가 하는 것이라면 무엇이든 따라 하고 싶어졌다.

그러던 어느 날, 그녀의 인스타그램에 리본 프로젝트 모집 글이 올라왔다. '감사로 다시 태어나다'라는 의미를 가진 프로젝트였다.

"내가 하는 말, 내가 하는 생각, 내가 하는 행동이 100퍼센트 내게로 다시 돌아온다. 2022년 새해, 이제 운의 방향을 바꿀 때입니다. 저 치유의 꽃처럼 다시 태어나고 싶은 분은 DM 주세요."

드디어 때가 왔다. 운명의 방향을 바꿀 때.

리본 프로젝트에서는 일주일 동안 하루 1,000번 '감사합니다'를 말하고 인증하는 것을 실천했다. 감사한 일을 일부러 찾아내는 것이 아니라, 우선 계수기를 들고 감사의 횟수를 채우는 것이 먼저였다. 그리고 매주 화요일, 감사하면서 느

끝에서 나는 삶을 만났다

낀 점이나 변화된 점을 나누었다.

하루에 천 번씩 감사를 말하다 보니 집안일을 하면서도, 운동을 하면서도, 나는 늘 "감사합니다, 감사합니다, 감사합니다."를 중얼거리며 다녔다. 의식적으로 감사를 반복하자 내면이 조금씩 달라졌다. 부정적인 생각이 예전처럼 길게 머물지 않았고, 소소한 일에도 감사한 마음이 스며들기 시작했다. 잿빛이거나 밋밋하게만 느껴지던 일상에 은은한 파스텔 빛이 입혀지는 것 같았다. 청소하다가 침대 밑에서 나온 양말을 보고 짝을 찾아 감사했고, 아침에 눈 뜨는 일, 들이마시는 공기에도 감사한 마음이 자라났다.

어느 날은 아이들과 남편이 거실에 앉아 즐겁게 대화하고 있었다. 그런데 순간 남편의 모습이 홀로그램처럼 사라지고 아이들만 남겨진 것처럼 보였다. 분명 남편은 바로 옆에 있는데, 불안이 남편의 존재를 지워버리고 있었다. 목구멍까지 치솟는 울음소리를 남편과 아이들이 들을까 봐 급히 세탁실로 달려갔다. 두 손을 모으고 기도하듯 "감사합니다. 감사합니다. 감사합니다."를 반복했다. 지금 이 순간, 내 앞에 있는 남편에게 감사하려고 애썼다.

하지만 감사를 아무리 말해도 걱정과 불안이 멈추지 않는

3장 끝이라고 생각했는데 시작이었다

날이 있었다. 상상이 만들어낸 허상이 자꾸 현실을 덮어버렸다. 그럴 때면 어김없이 눈물이 터졌다. 설거지를 하면서도 나는 일부러 눈앞에 보이는 것들을 입으로 말했다.

"이건 숟가락, 이건 젓가락, 이건 싱크대, 이건 밥솥. 지금 눈앞에 보이는 것만 진짜야. 나머지는 다 가짜야."

지금 현재를 알아차리려고 애썼다. 차를 타고 가다가도 남편의 모습이 사라지고 내가 혼자 운전하는 장면이 떠오를 때가 있었다. 그럴 때면 응급처치라도 하듯 급히 계수기를 꺼내 숫자를 확인하며 "감사합니다, 감사합니다."를 반복했다.

"그 딸깍거리는 것 좀 그만하면 안 돼? 시끄러워 죽겠어."

"나도 같이 있을 때는 안 하려고 하는데, 지금은 필요해서 하는 거야."

막힌 공간에서 계수기가 내는 딸깍, 딸깍 소리는 더 크게 들렸다. 남편이 불편해하자 그와 함께 있는 시간에는 수첩과 볼펜을 들고 다니기 시작했다. 불안하거나 상상이 끝없이 이어질 때마다 글을 썼다.

남편이 내 옆에서 운전하고 있어서 감사합니다.

남편과 카페에서 커피를 마실 수 있어서 감사합니다.

글로 적어 내려가며 남편의 손을 잡고 만지작거렸다. 머릿속에 떠다니는 미래의 불안과 걱정을 감사로 바꾸니, 그제야

끝에서 나는 삶을 만났다

현재에 조금 더 머물 수 있었다.

　리본 프로젝트 채팅방에도 불안이 감사로 바뀔 때마다 그 마음을 나누었다.

　"저는 주변 지인들이 남편이 아픈 걸 몰라요. 그래서 제 마음을 터놓고 말하지 못했는데, 리본 방에서는 속마음을 고백하고 나니 후련합니다. 임금님 귀는 당나귀 귀 한 기분이에요. 감사는 부정적인 생각에 빠져들려고 하면 '가지 마!' 하고 딱 잡아주는 것 같아요. 다른 분들이 나누어주시는 카카오톡 내용도 너무 좋습니다. 오늘도 나누어주는 사랑과 감사에 감사합니다."

　"남편이 지금 살아 있나, 꿈인가, 여러 가지 생각이 들었어요. 어느 날 아침부터 심장 소리를 들으며 누워 있다가 '오빠 일어나' 하고 얘기하면 대답해주는 남편에게 너무 고마운 거예요. 부르면 대답해주는 것조차 당연한 일이 아니었어요. 지금 마음은 편안하고 좋아요."

　채팅방에서 나누는 감사는 하루를 더 풍요롭게 만들었다. 내가 미처 알아차리지 못한 감사를 누군가 말하면 '그래, 이런 것도 감사하지', '맞아, 나도 그런 생각했었지' 하면서 감사와 사랑을 더 깊이 느꼈다.

"새벽부터 정신없는 하루네요. 문제없이 계획된 일이 착착 진행되어 감사합니다."

"감사하면서 다이돌핀[6]이 흘러넘치는 리본 방에 함께할 수 있어서 감사합니다."

"항암 할 때 힘이 없어서 아들을 안아주지도 못했는데, 아들이 업어달라는 부탁을 해서 업고 집에 왔습니다. 다시 돌아온 일상생활에 너무 감사합니다."

"등산하러 왔습니다. 맑은 공기와 자연이 주는 바람 소리, 새소리를 들으며 있는 지금 이 순간 감사합니다."

채팅방에 함께 감사를 나누고, 일주일에 한 번 모여 이야기를 나누는 시간은 내게 빼놓을 수 없는 일상이 되었다. 한 번도 만나본 적 없는 사람들이 온라인으로 만나 마음속 깊은 이야기를 꺼내고 함께 울고 웃으며 깊은 인연이 되어갔다.

그러던 어느 날이었다. 하는 음식마다 못 먹겠다고 툴툴대는 남편을 보는데 올라오는 화가 멈추지 않았다. 같이 있다가는 끝내 남편에게 화를 내고 말 것 같았다. 핸드폰을 들고

---

6 기쁨, 보상, 운동 등과 관련된 신경 전달 물질로 엔도르핀의 4,000배의 효과가 있는 감동 호르몬

끝에서 나는 삶을 만났다

밖으로 나왔다. 노력하는 나를 알아주지도 않고, 자기주장만 하는 남편이 이해되지 않았다. 나는 치유의 꽃님에게 전화를 걸어 조언을 구했다.

"치유 식단 하는데 자꾸 못 먹겠다고 하는 남편을 보면 너무 화가 나요. 다 자기를 위해서 그러는 거지, 내가 괴롭히려고 그러겠어요?"

그녀는 잠시 내 말을 듣고 있다가 차분히 말했다.

"현정 님, 남편에게 건강한 음식을 해주었을 때 그 사람이 먹지 않으면 왜 화가 나는지 가만히 알아차려 보세요. 그게 가장 중요해요."

그 말을 듣는데 처음에는 이해가 되지 않았다. 남편은 주는 대로 먹고 자면 그만인 입장이다. 나는 매일 녹즙을 내리고, 요리를 하고, 집안일을 하며 애쓰고 있었다. 그런 수고를 몰라주는 남편이 잘못된 것 아닌가. 그런데 남편을 지적하는 대신 내 마음을 알아차리라니.

나는 한참 동안 가만히 앉아 있었다. 왜 화가 났는지 들여다보았다. 재채기가 나올 듯 말 듯 간질거리는 느낌이 마음 속에서 일었다. 묘한 감정이 마음을 어지럽히다가, 갑자기 캄캄한 방에 불이 켜지듯 마음이 환해졌다.

몸에 좋은 음식을 해주고 그가 잘 먹기를 바라는 것은 어디까지나 내 마음이었다. 남편에게도 나름의 이유와 상황이 있을 텐데, 나는 그 마음을 들여다보지 않았다. 무조건 내가 해준 음식을 감사히 먹고, 해야 할 일들을 꼭 지키길 바라면서 혹시라도 건강이 더 나빠질까 봐 두려운 마음을 화로 표현하고 있었던 것이다.

치유의 꽃님은 이것을 '숭고한 알아차림'이라고 불렀다. 내 마음을 깊이 들여다볼수록 다른 사람 탓을 하지 않고 이해하게 되는 상태라고 했다. 왜 그녀가 그것을 '숭고한 알아차림'이라 부르는지, 그제야 조금 알 것 같았다. 순간순간 올라오는 화의 이유를 살펴보면 대부분 나의 욕심과 두려움, 내 생각 때문이었다.

수업을 듣는데 자꾸 방에 들어오는 아이들을 보며 화가 나는 이유는, 내가 수업에 집중하고 싶어서였다. 누워 있는 남편이 못마땅한 이유는, 건강을 잃을까 두려워서였다. 치킨을 먹겠다는 말에 화가 치미는 것은, 남편과 오래 건강하게 살고 싶기 때문이었다.

마음을 알아차리고 나니 화내지 않고도 내 의견을 말할 수 있었다.

"엄마는 지금 수업에 집중하고 싶은데, 너희가 자꾸 왔다

끝에서 나는 삶을 만났다

갔다 하니까 방해돼."

"오빠가 운동하지 않고 누워 있으니까 더 아플까 봐 두려워."

"오빠랑 건강하게 오래 살고 싶은데 치킨을 먹는다고 하니까 걱정이 됐어."

내 마음을 먼저 알아차리고 털어놓으니 화내는 일도, 서로 기분 상하는 일도 줄어들었다.

3장 끝이라고 생각했는데 시작이었다

아프고 나서야 보인 것들

심란한 날이면 유튜브에서 '법륜스님 암'을 검색해 보았다. 마음이 힘든 이들의 질문에 스님이 답하는 즉문즉설 영상이 줄줄이 떴다. 한 질문자에게 법륜스님은 되묻고 또 되물었다. 암 진단을 받기 전에도 몸 안에는 암이 있었고, 그 사실을 모르던 동안에는 괴롭지 않았는데 왜 진단을 받은 뒤에야 갑자기 괴로워하느냐고. 이미 있었던 병을 이제라도 발견해서 치료할 수 있다면, 그것은 다행인 것 아니냐고 했다.

몇 번의 질문과 대답만으로 스님은 질문자의 관점을 바꾸어 놓았다. 남편 역시 검진을 통해 미리 알게 되었고, 수술도 할 수 있었고, 치료도 시작할 수 있었다. 위암 4기라는 말에 짓눌려 있을 것이 아니라, 발견해서 치료를 시작할 수 있다는 사실부터 감사해야 하는 일이었다. 생각은 그렇게 정리되었지만 마음은 늘 그 속도를 따라오지 못했다. 그래도 그런 말을 붙잡고 있으면, 조금은 덜 무너질 수 있었다.

네이버 자연치유 카페에서 기초 강의를 신청해 들었다. 진단받은 지 얼마 되지 않은 환자들과 보호자들이 모여 있었고, 얼굴마다 두려움과 걱정이 어려 있었다. 그 모습을 바라보며 주마니아는 단호하게 말했다.

"우리는 운이 좋은 사람들이에요. 암이라는 걸 알아서 치료도 받을 수 있잖아요. 다양한 방법을 시도해보면서 건강해질 기회를 얻었잖아요. 혹시 상황이 좋지 않더라도 가족과 인사하고 정리할 시간도 있어요. 갑작스럽게 떠나는 사람들에게는 가족과 인사할 시간도, 살기 위해 노력할 시간도 없었어요. 암 걸렸다고 우울해하고 울고만 있지 마시고 감사하게 생각해야 해요."

막연한 두려움이 치밀어 오를 때마다 이렇게 방향을 바로잡아 주는 사람들이 있었다. 그 덕분에 지금 함께 있는 시간을 더 소중히 여길 수 있었고, '암'이라는 단어에 압도되기보다 조금이라도 나아갈 수 있는 방법을 찾으려는 마음을 놓치지 않을 수 있었다.

3장 끝이라고 생각했는데 시작이었다

예전의 나는 남편을 많이 미워했다. 다른 아빠들처럼 아이들과 몸으로 놀아주기를 바랐는데, 누워서 병원 놀이와 엄마 아빠 놀이만 해주는 것도 못마땅해했다. 나보다 돈을 적게 벌면서도 집안일과 아이들 돌보는 일을 너무 쉽게 내 몫처럼 두는 것도 싫었었다. 거기에 수천만 원의 빚을 지고도 언제 그랬냐는 듯 멀쩡히 지내는 모습은 더 얄미웠다. 월급날이면 써보지도 못한 수백만 원이 빠져나가는 것을 확인할 때마다 속이 뒤집혔다.

그럴 때면 결국 참았던 말이 터져 나왔다. 오늘은 월급날인데 쓰는 돈보다 나가는 돈이 더 많다며 원망했고, 남편은 또 그 이야기냐며 지겹지도 않냐고 받아쳤다. 나는 그 돈이 있었으면 우리가 원하는 곳으로 이사도 가고, 아이들이랑 내가 하고 싶은 것도 더 많이 할 수 있었을 거라고 쏟아냈었다. 집안일을 두고 다투는 시간마다, 그 돈이면 청소해주는 분들의 도움을 받으며 훨씬 덜 지치고 살 수 있었겠다는 생각도 따라붙었다. 진심 어린 미안하다는 말 한마디만 듣고 싶었는데, 돌아오는 것은 비아냥거림뿐이었다.

남편은 아무렇지 않게 TV로 시선을 돌렸고, 나는 졸려서

끝에서 나는 삶을 만났다

징징대는 아이들을 데리고 안방으로 들어가 재웠다. 그런데 거실에서 들려오는 코 고는 소리에 다시 화가 치밀어 올랐다. 아이들이 잠든 뒤 밖으로 나와 불 꺼진 거실에 서 있으면 TV 불빛과 코 고는 소리가 뒤섞여 있었다. 편안하게 잠든 모습조차 얄미워 발끝으로 남편을 툭툭 건드리며 시비를 걸었다. 나는 속상했겠다, 고생한다, 미안하다는 말을 진심으로 듣고 싶었을 뿐인데, 내 입에서는 늘 더 날카로운 말만 튀어나왔다. 마음은 그렇지 않은데 말은 자꾸 뜻대로 나가지 않았다. 그런 날이면 남편은 한숨을 푹 내쉬고 나를 흘겨본 뒤, 작은 방으로 들어가 말없이 출근복으로 갈아입고 집을 나가 버렸다.

어느 날 식탁에 앉아 강의를 듣고 있는데, 거실에서 들려오는 깔깔거리는 웃음소리에 시선이 향했다. 남편은 거실에 누워 있었고 아이들은 그 옆에 붙어 조잘거리며 웃고 있었다. 나는 그 장면을 한참 바라보았다. 지난날의 모습과 겹쳐 보였다.

아이들이 크면, 돈을 많이 벌면, 빚만 다 갚으면 그때는 행복할 거라고 늘 생각했다. 행복은 늘 조금 더 멀리 있는 것이라고 믿었다. 그런데 행복은 늘 가장 가까운 곳에 있었다. 함

3장 끝이라고 생각했는데 시작이었다

께 있는 것만으로도 이렇게 감사하고 소중한 일인데, 나는 그동안 남편을 '게으르다, 무능력하다' 다그치며 살았다. 그 생각이 한꺼번에 밀려오자 마음 한구석이 쿡 아팠다.

암은 삶에 앎을 주기 위해 왔다는 말이 마음 깊숙이 들어 왔다. 남편이 아프지 않았다면, 나는 여전히 내 말이 맞고 남 편은 틀렸다는 생각으로 그를 탓하며 살았을 것이다. '리본 프로젝트'를 함께하던 다른 환우들은 햇빛과 공기, 길가에 핀 들꽃만 보아도 감사하다고 말했다. 다시 맞이하는 봄과 여 름, 가을과 겨울이 누구에게나 당연히 다시 오는 것이 아니 라는 것을 알기에, 계절의 변화만으로도 감동했다.

하루하루를 감동하며 살아가는 사람이 과연 몇이나 될까. 그렇게 감사하며 살아갈 수 있다면, 얼마나 오래 사느냐가 더 이상 가장 중요한 문제는 아니었다. 오래 사는 것보다 오 늘을 어떻게 살아내느냐가 더 중요해 보였다. 그전에는 몰랐 던 것들이 남편이 아프고 나서야 보이기 시작했다.

매년 돌아오던 기념일도 더 특별해졌다. 결혼기념일과 생 일을 가족이 함께할 수 있다는 것이 이토록 감동적인 일인지 그전에는 몰랐다. 아프고 다시 돌아온 남편의 첫 생일 아침,

끝에서 나는 삶을 만났다

밥을 하려고 거실로 나갔다가 자고 있는 남편을 보는데 눈가가 뜨거워졌다. 항암 치료를 받지 않으면 6개월밖에 못 산다고 들었던 사람이었다. 남편의 생일을 함께 못할 수도 있다고 생각했던 시간이 있었는데, 그런 그가 10개월이 넘도록 살아 있어 내가 차려주는 음식을 먹고, 아이들이 불러주는 생일 축하 노래로 아침을 맞이하고 있었다. 가슴이 벅차올랐다.

그날 아침도 평소처럼 남편의 팔베개를 하고 심장 소리를 들었다. 그리고 조용히 말했다.
"오빠, 건강하게 옆에 있어 줘서 고마워. 생일 축하해."
암 진단 이후, 나는 사랑한다는 말을 하지 못해 후회하지는 말자고 마음먹었다. 사람들은 떠나보낸 가족을 떠올릴 때 사랑한다고 더 많이 말하지 못한 걸 가장 후회한다고 한다. 마지막을 앞둔 사람에게 가장 전하고 싶은 말도 결국 '사랑해'가 아닐까.

그런데 정작 살아 있을 때는 부끄럽다는 이유로, 말하지 않아도 안다는 이유로, 그 말을 자꾸 미룬다. 나도 그랬다. 미안하다, 사랑한다는 말을 먼저 하면 지는 것 같은 마음이 들었다. 기분이 좋으면서도 아닌 척했고, 사랑하면서도 싫은 척했다. 남편이 안아주면 갑자기 왜 이러냐며 밀어냈다.

지금은 다르다. 아침에 일어나서부터 잠들기 전까지, 눈만
마주치면 사랑한다고 말한다. 남편은 또 시작이냐는 얼굴로
짧게 대답할 뿐이지만, 그 안에 담긴 진심을 이제는 안다.

그날도 남편을 마주 보고 서서 말했다.

"오빠, 나는 연애할 때보다 지금 사랑한다고 더 많이 말하
는 것 같아. 살면서 이렇게까지 사랑한다고 말해본 적이 있
었나 싶어."

"그럼 적당히 해."

"사랑하는데 어떻게 적당히 해."

암 진단 후 4년 차인 지금도 마찬가지다. 아침에 일어나면
늘 뽀뽀로 인사하고, 하루에도 몇 번씩 사랑한다고 말한다.
마지막이 오는 순간에는 늘 아쉬움이 남겠지만, 적어도 지금
해야 할 표현을 나중으로 미루지는 않으려고 한다. 살아 있
는 지금, 사랑을 표현한다.

3

나의 모든 행동은
치유와 연결되어 있다

자연치유 강의를 듣고 암 치유 사례들을 읽다 보니 우리도 살 수 있다는 확신이 생겼다. 새로운 시도를 할 때는 책뿐만 아니라 영상도 충분히 찾아보았다.[7] 그리고 남편에게 이것을 왜 해야 하는지 설명했더니 실천하는 데도 도움이 됐다. 청소할 때, 밥할 때 틈나는 대로 영상을 찾아 봤다. 나중에는 귀가 아파서 이어폰을 귀에 끼울 수도 없을 만큼 보고 또 찾아보았다.

---

7 『위암 완치 설명서』, 『위암 수술 후 식사 가이드』, 『위암 100문 100답』, 『대사 치료 암을 굶겨 죽이다』, 『암 승리자들의 증언』, 『환자혁명』, 『암 더 이상 감출 수 없는 진실』, 『암 치료 생각을 바꿔야 산다』, 『태초 먹거리』, 『암을 이기는 행복한 항암밥상』, 『대안스님의 채소밥』, 〈닥터조의 건강이야기〉, 〈미토TV〉, 〈활명TV〉, 〈김진목TV〉 책과 영상의 도움을 받음.

남편의 모든 치유는 나와 함께했다. 아침 6시에 일어나 잠자는 남편을 깨워 30분 간격으로 음양탕[8], 레몬수, 녹즙을 챙겨 먹였다. 그리고 힐링코드[9] 명상을 시작으로 풍욕[10]을 했다. 주열 치료는 매일 1시간씩 했고, 등산, 숯가마, 오산천 1시간 걷기는 주중에 돌아가며 했다. 숯가마를 가지 않는 날에는 저녁 식사 전에 족욕을 하고 저녁 식사 후에는 30분씩 산책을 했다.

암 환자들이 절대 하지 말아야 할 행동 하나를 꼽으라면 '누워 있는 것'이라는 이야기를 많이 들었다. 쉬려고 잠깐 눕는 것이 아니라 드러누워 있는 습관을 말했다. 내가 들은 설명으로는 뼈에 있는 세포들은 움직여 주지 않으면 노화된 상태여도 쉽게 사라지지 않고 남아 있게 된다고 했다. 운동을 통해 오래된 세포들이 자연스럽게 정리되는데, 계속 누워만 있으면 세포들이 약해지고 그 틈을 타 암세포가 더 퍼지기 쉬운 환경이 된다고 했다.

---

8 한의학에서 뜨거운 물 위에 차가운 물을 부어 섞은 물을 가리키는 다른 이름이다. 제조 과정에서 발생한 대류 현상 덕분에 신진대사가 좋아지는 등의 효과가 있다.
9 몇 가지 손동작과 함께 무의식의 세포 기억을 치유하는 명상 방법
10 옷을 벗고 담요를 덮고 벗음을 반복하여 모공을 통하여 피부가 호흡하는 것

끝에서 나는 삶을 만났다

식사 후 산책이 혈당 관리에 도움이 된다는 이야기도 여러 번 접했다. 음식을 먹고 에너지로 쓰기 위해서는 인슐린이 포도당을 세포로 전달해야 하는데, 운동을 하면 근육이 이완, 수축을 하면서 혈당이 근육으로 이동하는 통로가 늘어나 이동이 원활해진다고 했다. 그래서 같은 양의 인슐린으로도 더 많은 양의 혈당을 조절할 수 있다고 이해했다.

가벼웠던 옷차림에서 칼바람이 부는 날에도 털모자와 장갑, 털신까지 완전 무장을 하고 나갔다. 남편은 차가운 공기에 오래 노출되면 손끝과 발끝이 칼에 베이는 느낌이 난다며 걷기를 힘들어했지만 운동을 멈추지는 않았다. 다시 돌아온 선선한 봄이 지나고 여름이 왔다. 장마철이라 비가 억수같이 쏟아지는 날에는 우산을 써도 옷이 흠뻑 젖었다. 등산을 가서는 맑은 공기를 마시며 말했다.

"지금 들이마시는 깨끗한 공기는 나쁜 세포들을 밀어내고 건강한 세포들을 더 건강하게 해준대. 오빠, 숨을 깊게 들이마셨다가 길게 내쉬어. 그러면 나쁜 세포들은 다 빠져나갈 거야."

남편과 함께 운동하면서 달리기도 시작했고, 남편이 힘들어서 쉬고 싶다는 날에는 혼자서 계단 운동을 했다. 내가 매

3장 끝이라고 생각했는데 시작이었다

일 하는 이 행동이 남편에게도 에너지가 전달된다고 믿었기에 하루도 멈출 수 없었다.

치유 생활 습관 중 빼놓을 수 없는 것은 가공식품을 줄이고, 유기농 채소, 엑스트라버진 올리브유, 생 들기름 같은 식재료들로 냉장고를 채우는 일이었다. 『환자혁명』이라는 책에서 식품업계만 비난할 일이 아니라 우리의 소비 패턴을 지적한 글을 읽으며 나는 적지 않게 부끄러움을 느꼈다.

"우리의 소비 패턴에도 문제가 있다. 마트에서 싼 음식만 찾으니까 식품업계가 싸구려 가짜 음식을 시장에 내놓는 것이다. 집은 능력이 허락하는 최대 평수에서 빡빡하게 살고, 자동차도 분에 넘치는 배기량으로 겨우 유지하면서, 몸에는 아무렇지 않게 쓰레기 음식을 집어넣으며 유기농 식품은 비싸다고 외면한다."

이 책을 읽으면서 식자재를 고르는 기준이 조금씩 달라졌다. 글라이포세이트는 제초제로 사용되는 화학물질이라고 한다. 내가 찾아보고 들은 내용으로는, 땅속의 무기질 영양소를 식물이 흡수하지 못하게 만들어 잡초가 말라 죽게 되는 원리라고 했다. 그리고 이런 작용이 체내에서도 비슷하게 영향을 주어 장에 좋지 않다고 했다.

그래서 몸에 좋다고 생각하며 먹던 채소가 오히려 해가 될 수도 있다는 이야기를 듣고 나서는, 가능한 한 유기농 채소를 선택했다.

비료를 많이 사용해 빠르게 자란 채소는 영양이 충분하지 않다는 설명도 들었다. 예를 들어, 자연에서 건강하게 자란 유기농 당근 한 개의 영양소를 채우기 위해 지금의 당근은 15개 정도를 먹어야 한다는 이야기를 접했는데, 그 말을 들은 뒤로는 식재료를 바라보는 기준이 완전히 달라졌다. 잔류 농약뿐만 아니라 영양 자체도 생각하게 되면서 예전처럼 아무 식재료나 쉽게 고를 수가 없었다.

남편의 회복을 위해 요리하는 방법도 바꾸었다. 맛내기용 조미료는 사용하지 않았고, 고추장과 설탕이 많이 들어가는 음식은 최대한 줄였다. 처음에는 입맛에 맞지 않아 쉽지 않았지만, 조리 시간은 오히려 짧아졌고 재료 본연의 맛을 더 잘 느낄 수 있었다.
한식에 많이 사용하는 참기름과 들기름은 발연점이 낮아 오래 가열하면 좋지 않다는 이야기를 듣고, 물을 넣고 먼저 익힌 뒤 마지막에 생 들기름을 두르거나 무쳐내는 방식으로

3장 끝이라고 생각했는데 시작이었다

조리했다.

식재료를 대하는 마음가짐도 달라졌다. 유기농법을 하는 분들은 사람의 건강을 더 중요하게 생각하는 분들이 아닐까 하는 생각이 들었다. 농약과 비료를 사용하면 훨씬 수월하게 농사를 지을 수 있을 텐데, 벌레를 직접 손으로 잡아가며 자연이 주는 햇빛과 바람, 비를 그대로 받아 자란 채소들을 마주할 때면 더 소중하게 느껴졌고, 농부들에게 감사한 마음도 자연스럽게 들었다.

자연식으로 바꾸고 나니 아이들이 먹는 음식이 새롭게 보이기 시작했다. 암 진단을 받고 병원에 가면 가족력 조사를 하는데, 우리 아이들이 이렇게 먹고 자라면 언젠가 질병이 생길 수도 있겠다는 생각이 들었다. 설탕과 조미료가 듬뿍 들어간 음식, 빨간 양념이 된 고기를 좋아하는 아이들을 보며 그동안 나는 잘 먹는다며 칭찬만 했었다. 아이들은 어릴 때부터 어른들이 먹는 맵고 짠 음식을 그대로 먹고 있었다. 그뿐만 아니라 화학조미료가 들어간 가공식품과 즉석식품, 과자도 거의 매일 먹었다.

세계보건기구에서 유전성암은 5%~10%밖에 안 되고, 환경적인 요인이 90%~95%라고 했다.

가족력의 진짜 의미는 같은 음식을 먹고 같은 생활을 하는 식습관, 생활습관의 유전이 아닐까 하는 생각이 들었다.

다행인지 불행인지, 남편의 병을 계기로 나는 '가족력'이라는 말을 비로소 실감하게 되었고, 내가 할 수 있는 환경적인 요인의 악순환을 멈추게 되었다. 그 결과 오랫동안 이어지던 둘째의 아토피도 차츰 나아졌다.

4

아는 만큼
치료받을 수 있어요

6개월의 여명을 들었던 사람에게 하루하루는 다르게 다가 왔다. 남편에게 도움이 될 수 있는 것이라면 무엇이든 해보고 싶었다. 『암 승리자들의 증언』을 읽기 시작했다. 이 책에는 암을 극복한 사람들의 사례와 함께 막스 거슨 박사의 식이 요법과 영양 요법이 담겨 있었다.

책을 읽다가 한 문장에서 눈이 멈췄다.

"거슨 요법이 효과를 나타내기 위해서는 적어도 6개월 이상의 시간이 필요하다."

그 문장을 읽는 순간 마음이 급해졌다.

혹시라도 이 시간을 놓치면 어쩌나, 골든 타임을 흘려보내고 있는 건 아닐까 하는 불안이 올라왔다.

그중에서도 내가 가장 먼저 실천하고 싶었던 것은 녹즙이
었다.

녹즙은 몸의 해독 작용을 돕는다고 알려져 있었고, 실제로
많은 사례에서 도움이 되었다는 이야기를 접했다. 하지만 동
시에 대량으로 섭취할 경우 간에 부담이 될 수 있다는 내용
도 함께 보았다. 간 수치가 올라가면 항암 치료 자체를 진행
하지 못할 수도 있기 때문에 쉽게 결정할 수 없는 문제였다.

나는 남편과 상의했다.

"부작용이 걱정돼서 미루다가 시기를 놓치면 어떡해. 항
암하기 일주일 전부터 시작해보고, 병원에서 검사할 때 수치
올라가면 바로 중단하자."

남편은 잠시 생각하더니 고개를 끄덕였다.

자연치유를 위한 선택은 병원 치료와 달리 전적으로 본인
의 책임이 따른다. 그래서 더 신중해질 수밖에 없었다. 혈액
검사 결과를 기다리는 날이면 늘 마음이 조마조마했지만, 다
행히 큰 문제는 나타나지 않았다.

매일 아침 녹즙을 내려 남편에게 건넸다.

"오빠가 좋아하는 녹즙 나왔습니다. 몸에 좋은 파이토케미

컬이 가득 들어 있는 신선한 녹즙이에요.”

장난스럽게 말했지만, 그 안에는 진심이 담겨 있었다. 그 마음이 전해졌는지 남편도 별다른 거부감 없이 받아들였다.

비타민C 메가도스 요법도 함께 시도했다.

고용량 비타민C 요법에 대해 책과 영상을 찾아보니, 비타민C가 체내에서 산화되면서 생성되는 물질이 암세포를 억제한다는 설명이었다. 정상 세포는 이를 조절하는 능력이 있지만, 암세포는 그렇지 못하다는 것이다.

물론 효과만 보고 결정할 수는 없었다. 부작용에 대한 내용도 꼼꼼히 확인했다.

특히 주사 요법을 할 경우 특정 효소(G6PD)가 부족한 사람에게는 문제가 될 수 있어 사전에 혈액 검사가 필요하다는 것도 알게 되었다. 어지러움이나 메스꺼움 같은 반응이 나타날 수 있다는 점도 충분히 인지하고 시작했다.

그럼에도 주변의 반응은 늘 조심스러움을 넘어서 불안을 자극하는 쪽에 가까웠다.

“아는 사람이 비타민C 맞고 엄청 힘들어했다던데. 잘 알아보고 해.”

걱정이라는 이름으로 전해지는 말들이 때로는 더 큰 부담이 되기도 했다. 하지만 한쪽 이야기만 듣고 멈출 수는 없었다. 도움이 된 사례들도 분명 존재했기 때문이다.

비타민C 주사를 맞기 위해 병원을 찾았을 때, 나는 조심스럽게 물었다.

"병원에서는 왜 이런 치료를 먼저 권하지 않는 걸까요?"

의사는 담담하게 말했다.

"병원은 검증된 표준 치료를 중심으로 합니다. 이런 요법들은 아직 그 범주에 들어가 있지 않아요. 그래서 환자분들이 스스로 공부하고 선택해야 하는 부분이 많습니다."

그 말을 듣고 오히려 마음이 정리되었다.

누군가가 정답을 알려주는 게 아니라, 내가 알고 선택해야 하는 문제라는 걸 받아들이게 되었다.

풍욕도 진행했다.

이불을 덮었다 벗었다 하며 피부를 통해 호흡하는 방법인데, 자율 신경의 균형을 돕고 몸의 순환을 돕는 데 목적이 있었다. 우리는 니시 요법과 함께 소개된 운동을 영상으로 보며 따라 했다. 며칠이 지나자 남편의 입술에 포진이 올라왔다. 처음에는 놀랐지만, 미리 '명현현상'에 대해 알고 있었기 때문에 당황하지 않고 계속 이어갈 수 있었다.

3장 끝이라고 생각했는데 시작이었다

주열 치료도 병행했다.

열에 약한 암세포의 특성을 이용하는 방법이라고 들었는데, 몸의 특정 부위를 따뜻하게 자극해주는 방식이었다. 남편은 반응이 오는 부위에서 뜨겁다며 몸을 비틀며 힘들어했지만, 그만큼 몸이 반응하고 있다고 믿으며 꾸준히 이어갔다.

족욕 역시 목적에 따라 방법을 달리했다.

독소 배출을 위해 할 때와 체온을 올리기 위해 할 때가 다르다는 설명을 보고, 온도와 시간도 신경 쓰며 진행했다. 물이 너무 뜨거우면 오히려 교감신경이 활성화 된다고 했다. 그래서 편안하게 느껴지는 온도를 유지했다.

숯가마도 빠지지 않았다.

숯에서 나오는 열과 원적외선이 몸 깊숙이 전달된다는 이야기를 접하고 꾸준히 다녔다. 다만 열에 오래 노출될 경우 오히려 몸의 중심 체온이 떨어질 수 있다는 설명도 있어 시간을 조절하며 이용했다.

처음 숯가마에 갔을 때의 기억은 아직도 생생하다.

좋은 자리를 차지하려고 눈치를 보며 앉아 있었고, 자리를 비우지 않으려는 사람들과 은근한 긴장감이 흘렀다.

"젊은 분들은 자리 좀 양보해 주세요."

그 말을 들었을 때 순간 마음이 복잡해졌다. 우리는 말하지 않았지만, 이곳에 오는 이유는 그 누구보다 절실했다.

속으로는 말하고 싶었다.

'우리도 그냥 온 게 아니에요.'

하지만 끝내 말하지 않았다. 자리를 둘러보니, 점심도 번갈아 먹으며 자리를 지키는 사람도 있었고, 먼 거리에서 매일같이 오는 사람도 있었다.

그 모습을 보며 생각이 바뀌었다.

'저 사람들도 다 이유가 있겠지.'

나는 자리를 양보했다.

그리고 그들을 위해 마음속으로 기도했다.

5

숨쉬기 힘든 날엔
424 호흡법

독성 화학 요법은 암세포의 성장을 억제하는 역할을 하지만, 동시에 정상적으로 작동해야 할 면역 세포에도 영향을 준다고 들었다. 모발, 손톱, 장 점막, 골수 세포까지 영향을 받을 수 있고, 특히 호중구[11] 수치가 떨어지면 감염 위험이 높아져 합병증으로 이어질 수 있다는 설명도 접했다.

나는 이런 항암의 장단점을 공부할 때마다 남편에게 설명해주었고, 동시에 자연치유력을 높일 수 있는 방법들도 함께 찾아 나누었다.

---

[11] 혈액 중에서 면역에 관여하는 백혈구의 한 종류

남편은 6차 항암 이후 1주일 정도를 거의 먹지도 못했고, 걷는 것조차 힘들어하며 대부분의 시간을 누워서 보냈다. 진단을 받고 약 다섯 달이 지났을 무렵이었다.

"나 이제 항암은 그만할래."

갑작스러운 말이었다. 나는 바로 대답하지 못했다. 병원에서도 주사 항암은 두 번만 더 하고 이후에는 먹는 약으로 이어가자고 했던 말이 떠올랐다. 그래서 두 번은 마무리하는 것이 좋지 않을까 조심스럽게 이야기했다. 남편은 한참을 생각하다가, 항암을 계속하면서 점점 지쳐가는 자신의 몸을 이야기했다. 일주일을 거의 누워 있었고, 다음에 항암을 하면 한 달은 움직이지 못할 것 같다고 했다. 먹지도 못하고 움직이지도 못하는 시간이 늘어나는 것이 과연 의미가 있는지 모르겠다고 했다. 한 달을 살더라도 움직이고, 먹고, 사람답게 살고 싶다고 말했다.

그 말을 듣는 순간 아무 말도 할 수 없었다. 항암을 하는 동안 남편은 점점 기력을 잃어갔다. 면역력이 떨어질까 늘 걱정했는데, 막상 항암을 중단하겠다는 말을 들으니 또 다른 두려움이 밀려왔다. 원래 남편은 병원 치료를 우선으로 생각

3장 끝이라고 생각했는데 시작이었다

하던 사람이었고, 나는 책과 영상들을 찾아보며 자연치유를 함께 병행해왔다. 만약 항암을 중단한 이후 상태가 나빠진다면 그 책임이 모두 나에게 있는 것처럼 느껴지기도 했다.

그래도 나는 말했다.
"잘 생각했어. 나도 더 열심히 도울게."
입으로는 그렇게 말했지만, 심장은 쿵 하고 바닥으로 떨어지는 느낌이었다. 예상했던 순간이었지만 실제로 마주하니 무게가 전혀 달랐다.

3주가 지나고 다시 항암 날짜가 돌아왔다.
항암을 거부하면 더 이상 병원에서 추적 관찰을 해주지 않는 경우도 있다는 이야기를 들은 터라 긴장감이 더 커졌다. 무슨 말을 해야 할지 고민했지만, 결국 있는 그대로 말하기로 했다.

진료실에서 혈액 검사를 보며 처방을 준비하는 교수님 옆에 앉아 있는데 심장이 크게 뛰었다. 남편이 먼저 입을 열었다.
"선생님, 이번에는 항암을 쉬고 싶습니다. 6차 이후 일주일을 거의 누워 있었고, 밥도 못 먹고 몸에 힘이 하나도 없었습니다."

교수님은 잠시 말을 멈추더니, 주사 항암은 두 번 정도만 더 하고 먹는 약으로 이어가려 했는데 두 번은 마무리하는 것이 좋지 않겠느냐고 말했다. 나는 조심스럽게 이번에 너무 힘들어했고 검사 결과가 괜찮다면 잠시 쉬면서 지켜보고 싶다고 말했다. 진료실 안이 잠시 조용해졌다. 마우스를 잡고 있던 교수의 손이 멈췄고, 우리는 숨을 죽인 채 기다렸다.

잠시 후 교수님이 말씀하셨다.

"네. 그럼 그렇게 하세요. 대신 검사에서 이상이 보이면 다시 시작해야 합니다."

"네. 알겠습니다."

진료실을 나서면서 비로소 마음을 놓을 수 있었다.

항암 부작용에서 잠시 벗어난다는 생각에 홀가분함도 느껴졌다.

나는 병원을 나와 차로 돌아오는 길에 앞으로 더 음식과 생활 습관 관리가 중요해졌다고 말했다. 남편은 조용히 고개를 끄덕였다.

항암 직후에는 늘 기운 없이 축 처져 있었고 팔 저림 때문에 핫팩을 계속 옮겨가며 힘들어했다. 돌아오는 길 운전은 내 몫이었는데 그날은 남편이 직접 운전대를 잡았다. 얼굴에도 생기가 돌았다. 앞으로의 일은 아무도 알 수 없지만, 적어도 그 순간만큼은 우리가 최선을 선택했다는 생각이 들었다.

주변 사람들의 반응은 엇갈렸다. 병원 말을 따라야 하는 것 아니냐는 말도 있었고, 섣부른 판단이면 위험하다는 말도 있었다. 걱정이라는 것을 알면서도 그 말들은 마음을 흔들어 놓기에 충분했다. 겉으로는 아무렇지 않게 대답했지만 혼자 있는 순간이면 그 말들이 머릿속에서 계속 맴돌았다. 남편이 사라지는 장면이 떠오르기도 했고, 장례식 장면이 스쳐 지나가기도 했다. 어느 순간부터는 숨이 막히고 가슴이 조여 왔다.

그러던 어느 날, 유튜브에서 지나영 교수의 영상을 보게 되었다. 교수님은 자율신경계 이상으로 한동안 누워 있어야 했던 경험을 이야기하며, 가장 힘들었던 시기에도 감사를 놓지 않았다고 했다. 그리고 호흡법을 하나 알려주셨다.
4초 들이마시고
2초 멈추고
4초 내쉬는 호흡이었다.

끝에서 나는 삶을 만났다

그 사이에 '나는 복 받은 사람이다'라고 생각하는 방법이었
다.

나는 종종 세탁실로 들어갔다. 아이들과 남편이 있는 거실
에서는 울고 싶지 않았기 때문이다. 웃음소리가 들리는 공간
과 숨죽여 울고 있는 공간이 한 집안에 함께 존재했다. 어느
날은 갑자기 숨이 쉬어지지 않았다. 그때 처음으로 그 호흡
을 해보았다.

4초 들이마시고

2초 멈추고

4초 내쉬었다.

그리고 마음속으로 감사한 것들을 하나씩 떠올렸다. 남편
이 있어서 감사하고, 아이들의 아빠가 있어서 감사하고, 지
금 함께 있어서 감사하다고 생각했다. 그렇게 하나씩 떠올릴
수록 숨이 조금씩 트이고 마음이 가라앉았다.

감사가 잘 떠오르지 않을 때는 또다시 눈앞에 보이는 것들
을 붙잡았다. 숟가락이 있어서 감사하고, 집이 있어서 감사
하고, 밥을 할 수 있어서 감사했다. 그렇게 하나씩 이어가다
보면 언제 그랬냐는 듯 마음이 다시 제자리로 돌아왔다.

남편이 자연치유를 시작한 이후 가장 많이 들은 질문이 있

었다. 완치된 것이냐는 질문이었다. 그 질문 앞에서 나는 늘 잠시 멈칫했다. 완치라고 말할 수도 없었고, 아직 환자라고 말하기도 싫었다. 나는 그저 4기 암은 완치라기보다 계속 관리해야 하는 상태라고 생각한다고, 검진에서 문제가 없고 지금 이렇게 살아 있는 것이 중요하다고 말했다. 그렇게 말하면서도 나는 스스로를 설득하고 있었다. 지금 살아 있는 것, 그것이 가장 중요하다고.

그리고 숨이 막힐 것 같은 순간마다 나는 다시 호흡을 했다.
4초 들이마시고
2초 멈추고
4초 내쉬며
현재로 돌아왔다. 지금 이 순간을 살기 위해, 나는 그렇게 숨을 쉬었다.

6

보호자의 시간

내 손으로 만든 음식이 남편의 치유에 결정적인 영향을 미친다고 생각하니 심적으로 부담이 컸다. 남편의 식이 요법은 거의 전적으로 나에게 달려 있었다. 남편은 내가 주는 대로 먹는 입장이었고, 그러다 보니 나는 스스로 더 많이 공부하고 판단해야 했다. 어떤 방향으로 가야 할지 막막해서 매일 읽고 들었다. 이어폰을 끼고 너무 오래 듣다 보니 귀가 아파 옆으로 눕지도 못할 정도였다. 마음만 먹으면 필요한 정보는 넘쳐났다. 어려운 것은 공부하는 일보다 어떤 정보를 취할지 결정하는 일이었다. 부작용에 집중하면 실행이 어려워지고, 좋은 점만 보고 무작정 따라 했다가 문제가 생기면 잘못된 정보를 탓하기 쉬웠다. 사람마다 다르니 결국 결과는 해봐야 알 수 있었다. 모든 선택은 본인이 해야 후회와 원망이 덜 남는다. 그런데 나는 내가 선택하고 실행했기 때문에, 혹시라도 남편에게 무슨 일이 생기면 그 후회까지도 내 몫일 것 같아 매 순간 더 신중할 수밖에 없었다. 주변 말에 흔들리지 않고 중심을 잡기 위해 힘들 때마다 법륜스님의 즉문즉설을 찾아 들었다.

어느 날 들은 법륜스님의 말은 오래 남았다.

"제가 에피소드 하나 얘기해 드릴게요. 제가 아는 분 중에 젊어서 굉장히 고생을 많이 하다가 마흔이 넘어서 겨우 살 만해졌어요. 그런데 몸이 아파 병원에 갔더니 암이라는 거예요. 요즘은 암이 큰 병이 아니지만 옛날에는 큰 병이었어요. 1년 시한부 선고를 받게 된 거죠. 몇 개월 못 산다고 해서 병원에 누워 있으니 주위 친구들이 병문안을 갔습니다. 그런데 위로해 주고 갔던 사람 중 한 명이 사흘 후 교통사고가 나서 죽은 거예요. 결과적으로 사흘밖에 못 사는 사람이 1년 살 사람을 위로해 주러 갔던 겁니다. 어떻게 사흘밖에 못 사는 사람이 1년 사는 사람을 위로할 수가 있었을까요? 질문자가 1년밖에 못 산다고 해도 여기 강연장에 질문자보다 먼저 죽을 사람이 여러 명 있어요. 누군지 몰라서 그렇지."

법륜스님의 유머 섞인 대답에 질문자와 청중들이 웃음을 터뜨렸다. 그리고 스님은 다시 말씀을 이었다.

"그러니까 1년밖에 못 산다고 해서 인생이 괴롭거나 슬픈 것이 아닙니다. 1년밖에 못 산다는 생각에 사로잡혀 있기 때문에 괴롭게 살다가 죽는 겁니다. 앞으로 살아갈 날이 많은 사람들은 괴로워도 하고 슬퍼도 하면서 시간을 보내도 좀 괜찮지만, 1년밖에 못 사는 사람은 울 시간도, 슬퍼할 시간도, 싸울 시간도 없어요. 오히려 남들보다 인생을 더욱더 즐겁게 살아야 합니다. 긴 시간을 사는 것보다 살아 있는 동안 어떻게 살아갈 것이냐가 더 중요합니다. 울다가 죽으면 누구만 손해일까요? 자기만 손해예요."

열심히 살다가 암에 걸린 사람의 사연을 듣는데, 내 삶의 관점이 남편에게서 나에게로 다시 돌아오는 느낌이 들었다. 스님의 말씀을 듣고 헛웃음이 났다. 남편을 돌보느라 내 삶은 진작 사라졌고, 아이들도 제대로 돌보지 못한 채 남편에게만 시선이 가 있었다. 죽느냐 사느냐의 문제를 안고 있는 당사자도 힘들겠지만, 보호자인 나의 몫 또한 결코 가볍지 않았다. 남편의 음식과 생활, 아이들까지 모두 내 몫이었으니까. 힘든 티를 내지 않으려고 가족들 몰래 숨어서 우는 날

3장 끝이라고 생각했는데 시작이었다

도 많았다. 겉으로는 잘 지내는 것처럼 보여도 속은 조금씩 곪아가고 있었다. 그때 나도 내 삶을 돌봐야겠다는 생각이 들었다. 조금 가벼운 마음으로, 나 역시 살아 있는 사람답게 하루를 살아야겠다고.

항암 횟수가 늘어날수록 남편의 혈관은 점점 숨어들어 주사 맞는 시간도 길어졌다. 그런 남편을 두고 차에 가서 잠깐 쉬는 것조차 미안했다. 대기 환자들이 많아 앉아 있을 자리도 없어 복도 벽에 기대 몇 시간씩 서서 기다릴 때도 있었다. 항암이 끝나고 나온 남편은 내 얼굴을 보더니 말했다.

"현정아. 새벽에 나와서 잠도 못 잤잖아. 차에서 자고 있으면 내가 전화할 테니까 자고 있으라니까. 나는 주사 맞으면서도 자고 집에 가면서도 자잖아. 네가 건강해야 나를 잘 챙겨 줄 수 있는 거야. 우리 집은 네가 아프면 끝이야. 끝."

"오빠 주사 맞고 나오면 어지러워서 잘 걷지도 못하잖아. 기다리고 있다가 얼른 잡아줘야지. 혹시 늦으면 어떡해. 그냥 이게 내 마음이 더 편해."

그때는 그 말이 크게 와 닿지 않았다. 그런데 법륜스님의 말씀을 듣고 보니 남편의 말이 맞았다. 그 후부터는 남편의 치료 시간 중 혼자 있는 시간을 나를 위해 보내기 시작했다.

끝에서 나는 삶을 만났다

샌드위치와 커피를 사서 마시고, 좋아하는 책을 들고 카페에 앉아 읽기도 했다. 병원 1층에 있는 미술 전시를 둘러보기도 하고, 벚꽃이 흩날리는 날에는 병원 근처를 천천히 산책하기도 했다.

누군가는 남편이 아프다는데 저렇게 웃으면서 지낼 수 있느냐고 생각할지도 모른다.

어느 날 아파트 입구에서 아래층 아주머니를 마주쳤다. 반가운 마음에 먼저 인사했다.

"안녕하세요. 오늘은 일 안 가셨나 봐요? 낮인데 집에 계시네요."

"나 일 그만뒀잖아. 우리 집 아저씨가 대장암이래. 그래서 치료받고 있어."

심장이 쿵 내려앉았다. 여전히 암이라는 말은 익숙하지 않았고, 들을 때마다 심장이 먼저 반응했다.

"어머, 그런 일이 있었어요? 많이 놀라셨겠어요."

"그렇지 뭐. 먹는 것도 제대로 못 먹고, 밖에도 못 돌아다니니까 힘들어. 나만 찾아서 지금도 간신히 시간 내서 마트 다녀오는 길이야."

"맞아요. 옆에서 챙기는 것도 보통 일이 아니에요. 사실은 저희 남편도 위암이었거든요.”

“응? 애들 아빠가? 그래서 그렇게 살이 빠졌었구나. 나는
왜 그렇게 살이 빠졌나 했어. 다이어트 엄청 열심히 한 줄 알
았지.”

“위를 다 잘라내서 위가 없거든요. 그래서 잘 못 먹으니까
살도 많이 빠지고 잘 안 쪄요.”

“얼마나 됐어? 얼마 안 됐지?”

“아니요. 지금 3년 차예요.”

“에이, 무슨 3년이야. 작년에 엘리베이터에서 만나면 애들
하고 운동 간다고 밤에 나가고 그랬잖아.”

“맞아요. 그때도 남편은 아팠을 때예요.”

“응? 그래도 3년은 아니지? 3년이면 한참 코로나로 난리일
때 그랬다는 거야? 그런데 그렇게 밝게 지냈다고? 애들도 놀
이터에서 매일 뛰어놀고 그랬던 것 같은데.”

“네. 맞아요. 한참 코로나로 난리일 때 남편은 항암을 하고
있었고, 저랑 애들은 코로나에 걸려 격리도 했어요.”

집에 들어오자마자 남편에게 전화를 걸었다.

“오빠, 아랫집 아주머니 만났는데 남편이 대장암이라고 하
시면서 걱정이 많으시더라고. 그래서 내가 오빠 얘기했어.”

끝에서 나는 삶을 만났다

“내 얘기를 왜 해?”

“오빠도 이렇게 잘 지내고 있으니까 힘내시라고 말해 드렸지. 그런데 우리 예전에 엄청 힘들었잖아. 그때 엘리베이터에서 우리를 봤는데 표정이 너무 밝아서 오빠가 아프다고는 상상도 못 하셨대. 우리 그때 참 잘 지냈어. 그치? 애들 데리고 여행도 많이 다니고, 운동도 다니고 그랬었잖아.”

“그럼. 우리 잘 지냈지.”

앞을 보며 길을 찾으려고 할 때는 캄캄한 동굴 안에서 헤매는 것 같았다. 어디로 가야 하는지도, 어디까지 왔는지도 알 수 없었다. 그런데 그때는 그저 오늘 하루를 잘 지내는 것만 바라보며 한 발씩 내디뎠다. 빛이 보이지 않아도, 끝이 어딘지 몰라도, 그날 하루를 잘 살아낸 것에 감사했다. 그렇게 한 발 한 발 반복하다 보니 어느 순간 빛이 보였고, 뒤돌아보니 우리는 참 잘 지내오고 있었다.

3장 끝이라고 생각했는데 시작이었다

죽음이 가르쳐 준 것

비밀번호 누르는 소리가 들렸다. 거실에서 물걸레질을 하다가 걸레를 밀던 손을 멈추고 현관 쪽을 바라보았다. 첫째 딸이 문을 열고 들어왔다. 평소와 다르게 얼굴이 어두워 보였지만, 모른 척했다.

"다녀왔습니다."

"우리 딸, 잘 다녀왔어?"

나는 들고 있던 밀대를 내려놓고 두 팔을 벌려 아이를 안아 주었다.

"식탁에 간식해놨으니까 가서 먹고 있어."

딸은 금방 방으로 가지 않고 내 주위를 맴돌았다. 무슨 말을 꺼내고 싶은데 쉽게 입을 떼지 못하는 눈치였다. 나는 괜히 더 열심히 물걸레질을 했다. 그러다 망설이던 딸이 조심스럽게 물었다.

“엄마, 궁금한 게 있는데 물어봐도 돼?”

“응? 뭔데? 물어봐도 되지, 그럼.”

“엄마, 암 걸리면 죽는 거야? TV에서 보면 암 걸려서 죽었다고 하잖아. 그럼 우리 아빠도 죽어?”

딸에게는 아빠가 배가 아파 수술한 정도로만 말해 두었었다. 내가 보는 책과 영상들 때문에 ‘암’이라는 단어 자체는 알고 있었겠지만, 그게 무엇을 뜻하는지는 정확히 몰랐을 것이다. TV에서 암으로 돌아가셨다는 이야기를 듣고, 보험 광고에서 암을 무서운 병처럼 말하는 걸 보면서 가벼운 병이 아니라는 건 눈치챘던 것 같았다. 남편에게만 정신이 쏠려 있는 동안, 아이가 어떤 생각을 하고 있는지는 미처 살피지 못했다. 그건 내가 가장 마주하고 싶지 않았던 질문이기도 했다.

대답을 기다리던 딸은 이미 눈물을 흘리고 있었다. 나는 아무 말도 하지 못한 채 잠시 아이를 꼭 안고만 있었다.

“아니야. 암에 걸렸다고 다 죽는 건 아니야. 암에 걸린 사람 중에 돌아가시는 분도 있는 거지. 교통사고가 난다고 해서 모든 사람이 다 죽는 건 아닌 것처럼 암도 마찬가지야. 아

3장 끝이라고 생각했는데 시작이었다

빠는 살 사람이니까 너무 걱정하지 마. 지금 우리 옆에 살아 있잖아. 아프거나 사고로 돌아가시는 분들도 있지만 사는 사람들이 훨씬 많아."

나는 딸의 얼굴을 두 손으로 감싸 쥐고 천천히 말했다.

"그리고 암이라는 병보다 더 중요한 게 있어. 사람 일은 아무도 모르기 때문에, 함께 있는 순간에 서로 최선을 다하고 사랑을 표현하면서 사는 거야. 그래서 엄마는 아빠한테도, 우리 딸한테도 더 많이 사랑한다고 말해 줄 거야."

딸은 울고 있었지만, 표정은 조금 풀어져 있었다. 아이는 내 품에 안긴 채 한참을 가만히 있었다. 그리고 작은 목소리로 말했다.

"엄마, 같이 있어 줘서 고마워."

그 말을 듣는 순간 가슴이 먹먹해졌다.

누구에게나 당연히 주어지는 것처럼 보이던 일들이 사실은 전혀 당연하지 않다는 걸 알게 되자, 지금 이 순간이 너무 소중하고 감사하게 느껴졌다. 새로운 길을 갈 때 어디로 가야 하는지 알지 못하면 걱정이 앞서지만, 내비게이션만 있어도 낯선 길이 덜 두렵다. 죽음도 비슷하다는 생각이 들었다. 죽음이라는 사실보다 더 큰 두려움은 그것을 막연하게만 생

끝에서 나는 삶을 만났다

각하며 밀어내는 데서 오는 것인지도 모르겠다.

둘째 딸은 자기 생일이 되면 꼭 나를 안고 이런 말을 한다.

"엄마, 엄마 덕분에 내가 태어나서 행복하게 살 수 있어서 너무 고마워. 다 엄마 덕분이야. 나는 정말 사는 게 재미있고 엄마가 너무 좋아."

처음에는 울먹이며 그렇게 진지하게 말하는 아이가 기특하면서도 웃기기도 했다. 어린아이가 너무 행복해서 눈물을 흘린다는 것이 신기했다. 그 순간 엄마로서는 그것보다 더 좋은 말이 없었다.

어느 날 저녁, 집안일을 마치고 거실에 앉아 있는데 둘째가 할 말이 있다며 나를 안방으로 불렀다. 딸은 내 팔베개를 하고 마주 보고 누웠다. 얼굴에는 미소가 있었지만 눈빛은 이상하게 진지했다. 한참 동안 내 얼굴만 바라보던 아이에게 내가 먼저 물었다.

"왜? 우리 딸 엄마한테 할 말 있어?"

"응. 나 오늘 너무 행복했어. 그런데 엄마가 없으면 안 돼. 엄마는 200살까지 살고 나는 150살까지 살다가 같이 하늘나라 가자. 나는 엄마가 죽으면 따라 죽을 거야. 엄마는 나보다 절대 먼저 죽으면 안 돼.”

아이의 말을 듣는 순간 웃음이 나면서도 마음이 아팠다.

“엄마랑 오래오래 같이 살고 싶어?”

“응.”

“그래도 엄마가 나이가 더 많으니까 엄마가 먼저 하늘나라 갈 수도 있지. 그때 우리 딸은 슬퍼하겠지만, 그래도 즐겁게 잘 살다가 나중에 엄마를 만나야 해.”

“엄마가 없는데 어떻게 즐겁게 살아? 나는 절대 엄마 없이 못 살아.”

나는 아이 머리를 쓰다듬으며 천천히 말했다.

“하윤이는 누가 낳았지?”

“엄마.”

“그렇지. 하윤이는 엄마 배 속에서 자랐잖아. 그러니까 하윤이 세포 하나하나에는 엄마가 없는 곳이 없어. 엄마가 하윤이 안에 있는 거야.”

아이는 눈을 동그랗게 뜨고 나를 바라보았다.

“그래? 내 세포에 엄마가 있는 거니까 엄마 세포에도 내가 있는 거야?”

“그렇지.”

“그럼 우리는 목숨이 두 개씩이네? 엄마가 없어도 내가 있거나, 내가 없어도 엄마는 있잖아.”

나는 그 말을 듣고 웃음이 새어 나왔다.

“그러네. 우리는 같이 있든 없든 늘 함께 있는 거네. 그러니까 너무 무서워하지 말고 지금 즐겁게 지내자. 사람은 먼저 태어났다고 먼저 죽는 것도 아니고, 아프다고 꼭 먼저 죽는 것도 아니야.”

그리고 아이의 눈높이에 맞춰 법륜스님의 이야기를 들려주었다.

“어떤 사람이 많이 아파서 병원에 누워 있었대. 그래서 사람들이 병문안을 갔는데, 사흘 뒤에 위로하러 갔던 사람이 교통사고로 먼저 하늘나라에 갔다더라. 그러면 병원에 있던 사람이 오히려 그 사람을 위로해 줬어야 하잖아. 사람 일은 아무도 모르는 거야. 그래서 더 중요한 건, 나중을 무서워하는 것보다 지금을 기쁘게 사는 거래.”

아이의 얼굴을 바라보며 말을 이었다.

“그러니까 우리도 나중에 엄마가 없어질까 봐 겁먹지 말고, 지금 많이 사랑하고 많이 웃고 지내자. 엄마도 우리 하윤이 매일매일 사랑해 줄게. 그리고 나중에 엄마가 하늘나라 가더라도 우리는 서로 안에 있으니까 기쁘게 살다가 다시 만나면 돼. 엄마가 없다고 계속 울면 엄마도 마음이 아프겠지? 그럼 어떻게 해야 할까?"

아이는 잠시 생각하더니 또렷하게 대답했다.

"즐겁게 지내고 맛있는 것도 많이 먹을 거야. 엄마가 좋아하는 것도 많이 먹을게. 그럼 엄마도 아는 거지?"

"그럼. 우리 딸 이제 엄마가 없어질까 봐 덜 무섭지?"

아이는 아까와 달리 환한 얼굴로 웃었다. 나를 꼭 안고는 그대로 잠이 들었다.

죽음을 앞두고 산다는 것은 불행한 일이라고만 생각했다. 그런데 죽음의 문턱을 마주하고 나니, 죽음은 그 자체보다 지금의 행복과 소중함을 보게 해 주는 것이었다. 내 행복과 기쁨은 늘 나중에 있었다. 나중에 좋은 집에 살고, 나중에 좋은 차를 타고, 나중에 경치 좋고 비싼 곳에서 맛있는 음식을 먹는 날을 꿈꾸며 오늘을 살았다. 그런데 지금은 안다. 그 모든 '나중'이 얼마나 허상 같은지. 한 치 앞도 모르는 사람이 어떻게 다음의 행복만 붙들고 살 수 있을까.

죽음 앞에서 알게 되는 것은 늘 비슷했다. 지금이 가장 중요하다는 것. 그리고 결국 남는 것은 사랑과 감사뿐이라는 것.

그래서 오늘도 우리는 오늘을 산다.

8

기적은 멀리 있지 않았다

"젊은 분이라 진행도 빠를 겁니다. 현재 위 상태로 봤을 때는 이렇게 심한 경우는 거의 보지 못했습니다. 치료를 무리하게 하기보다, 드시고 싶은 것 드시면서 남은 기간만큼은 가능한 한 편안하고 행복하게 지낼 수 있도록 해주세요."

4년 전 내과에서 들었던 말이다. 가끔은 이런 생각을 해본다. 만약 그 말을 그대로 받아들이고 아무것도 시도하지 않았다면 지금은 어떻게 살고 있을까. 식이요법도 하지 않고, 운동도 하지 않고, 그냥 먹고 싶은 것만 먹으며 시간을 흘려보냈다면 결과는 전혀 다른 모습이었을지도 모른다. 우리는 두려웠지만 가만히 있지 않기로 했다. 할 수 있는 것을 하나라도 해보자는 마음으로 식습관과 생활 습관을 바꾸기 시작했다. 그렇게 하나씩 시도하며 시간이 흘렀고, 어느새 4년이라는 시간이 지나 있었다. 두려움에 잠식되어 아무것도 하지 못한 시간이 아니라, 두려웠지만 무언가를 계속 시도했던 시간이 지금을 만들었다.

돌아보면 예전의 나는 항상 내가 맞는다고 생각했다. 내기준에서는 내가 옳았고, 남편은 틀린 사람이었다. 남편이비싼 청바지를 사면 이해되지 않았고, 남편은 내가 싼 옷을사는 것을 이해하지 못했다. 아이들과 운동을 가는 날이면남편이 PC방에 가는 것도 이해되지 않았다. 나는 운동이 더좋은 취미라고 생각했고 게임은 시간 낭비처럼 느껴졌다. 그런데 어느 날 남편이 물었다. 왜 네 취미만 취미고 내 취미는 취미가 아니냐고. 그 말을 듣는 순간 아무 말도 할 수 없었다. 내가 좋아하지 않는 게임을 몇 시간 동안 같이 하자고하면 나는 할 수 있을까? 생각해 보니 절대 못 할 것 같았다.그때서야 남편이 틀린 것이 아니라 서로 다른 것일 뿐이라는걸 조금씩 알게 됐다. 그 이후로 화가 올라오면 내가 맞고 틀린 문제로 보고 있는 건 아닌지 스스로를 돌아보게 됐다. 서로를 바꾸려고 하기보다 다름을 인정하기 시작하면서 우리의 관계는 훨씬 편안해졌다.

끝에서 나는 삶을 만났다

나는 어릴 때 아빠가 일찍 돌아가셔서인지 죽음에 대한 두려움이 늘 마음속에 있었다. 남편이 늦게 들어오면 혹시 사고가 난 건 아닐까, 무슨 일이 생긴 건 아닐까 하는 생각부터 했다. 늘 불안했고 걱정하며 살았다. 그런데 남편이 아프고 나서 오히려 생각이 바뀌었다. 아직 오지 않은 일을 미리 걱정하며 사는 것이 아니라, 오늘 하루를 잘 살아야겠다는 생각이 들었다. 지금 웃을 수 있을 때 웃고, 표현할 수 있을 때 표현하며 하루를 보내는 것이 더 중요하다는 것을 알게 됐다. 미래의 죽음을 두려워하며 살던 내가, 오늘을 살아가는 쪽으로 나의 태도가 바뀌었다.

돌아보면 지난 시간 동안 많은 것이 달라졌다. 두려워서 멈춰 있었던 사람이 아니라 두려워도 움직여 본 사람이 되었고, 내가 옳다고 주장하던 사람에서 서로 다름을 인정하는 사람이 되었고, 늘 불안과 걱정 속에 살던 사람에서 오늘 하루를 살아가는 사람이 되었다. 기적은 멀리 있는 것이 아니라 조금씩 달라진 나의 삶 안에 있었다.

9

그날 우리는

밸런타인데이 2월 14일은 우리의 혼인신고 날이기도 하다. 그래서인지 유난히 더 기억에 남아서 해마다 그냥 지나치지 않고 꼭 초콜릿을 챙겨 주었다. 그날도 초콜릿을 사러 나갔다가 큰딸 수영 강습이 끝날 시간이라 데리러 갔다. 딸은 며칠 전부터 약속은 왜 지켜야 하는지, 안 지키면 어떻게 되는지 반복해서 물었다. 나는 딸이 친구와 있었던 일 때문에 속앓이를 하는 것처럼 느껴져서, 엄마가 비밀을 지켜줄 테니 속 시원히 이야기해 보라고 했다.

그런데 딸이 꺼낸 이야기는 친구와의 비밀이 아니었다. 며칠 전 아빠가 저금통에 있는 백만 원을 빌려 갔다는 말이었다. 엄마가 절대 알면 안 된다고 둘만의 비밀로 하기로 했었

끝에서 나는 삶을 만났다

던 모양이다. 그 말을 듣는 순간 표정이 굳어지는 걸 느꼈다. 복잡하게 돌아가는 머릿속이 얼굴에 드러날까 봐 딸의 얼굴을 제대로 보지 못했다. 옆에서 조잘조잘 떠드는 말을 알아듣지도 못한 채 "어, 어" 하며 대답만 했다. 딸은 한결 편안해진 목소리로 말했다.

"엄마에게 말하니까 속이 후련해졌어. 그래도 아빠가 힘들 때 빌려줄 돈이 있어서 다행이야."

그 말을 듣는 순간 가슴이 철렁 내려앉는 느낌이 들었다.

외출했던 남편이 집에 들어왔다. 나는 준비해 둔 초콜릿을 건네주고 저녁을 먹었다. 겉으로 보기에는 평소와 다를 것 없는 저녁이었지만 머릿속은 전혀 그렇지 못했다. 그냥 모르는 척하고 지나가면 될까. 그러면 아무 일도 벌어지지 않는 걸까. 남편이 하는 말에 나는 어떻게 반응해야 할까. 밥을 먹는 둥 마는 둥 하며 자꾸만 남편의 밥그릇만 보았다. 말을 꺼낼 타이밍을 기다리고 있었다.

밥을 다 먹고 일어나는 남편에게 안방으로 가서 대화 좀 하자고 말했다. 침대에 걸터앉아 나지막한 목소리로 남편을 불렀다.

"오빠."

어떤 말부터 꺼내야 할지 몰라 한동안 남편 얼굴만 바라보

3장 끝이라고 생각했는데 시작이었다

았다. 남편도 무언가 불편함을 느꼈는지 한숨을 푹 내쉬며 침대에 엎드려 베개에 얼굴을 묻었다. 나는 수영장에 갔다가 들었던 이야기를 전했다. 남편은 몸을 일으켜 고개를 푹 떨군 채 앉았다. 여전히 눈은 마주치지 않았고 한숨은 더 깊어졌다. 딸에게 돈을 빌려 갈 정도라면 스스로 해결할 수 있는 일이 아니라는 생각이 들었다. 스스로 말하라며 남편을 다그쳤지만 돌아오는 것은 흐릿한 대답뿐이었다.

"내가 알아서 할게. 신경 쓰지 마."

힘들게 항암 치료를 하다가 2월에 그만두고 딱 1년이 되었다. 이제 좀 안정이 되는가 싶었는데 또 수천만 원의 빚이 생겼다. 믿기지 않았다. 속에서 뜨거운 것이 끓어오르는데 그게 단순히 화와는 조금 다른 종류의 감정처럼 느껴졌다. 그냥 내 삶이 너무 버겁고 힘들었다. 지금 이 상황에서 가능한 일인가 싶었다. 차라리 처음처럼 남편을 미워하고 소리를 버럭버럭 질렀다면 속이 좀 시원했을까. 남편이 아프지만 않았어도 내 가슴이 조금은 덜 아팠을까. 왜 하필 나와 가장 가까운 사람이, 그것도 내가 살리려고 그렇게 애썼던 사람이 나를 이렇게 힘들게 하는 걸까. 남에게 사기를 당했다면 조금은 덜 아팠을까. 도대체 왜 내 삶은 자꾸만 끝없이 바닥으로 떨어질까.

남편은 침대 끝에 걸터앉아 등을 돌린 채 가만히 있었다.

끝에서 나는 삶을 만났다

나는 남편 뒤에서 터져 나오는 울음소리를 아이들이 들을까 봐 두 손으로 얼굴을 감싸고 침대에 엎드렸다. 숨이 자꾸 끊어졌다.

"도대체 나보고 어쩌라고 이러는 거야."

"너 보고 뭐 어쩌라는 게 아니야. 내가 다 알아서 할 거니까 걱정하지 마."

"몸이 다 나은 것도 아닌데 어떻게 알아서 한다는 거야? 이제 일상으로 돌아가기만 하면 되는데 왜 또 그러냐고, 도대체."

아직 더 쉬면서 몸 관리를 해야 하는 사람이 벌인 일이라는 게 믿기지 않았다. 적어도 나와 아이들을 생각한다면 그러면 안 되는 일이었다고 생각했다. 3월에 아이들이 개학하고 나면 나부터 일자리를 알아볼 생각이었다. 남편은 진단금으로 받은 돈이 다 떨어져 간다는 말을 듣고 돈을 벌어야겠다고 생각했던 것 같았다. 생활비를 벌어보려고 시작한 일이 점점 금액이 커졌고, 잃은 돈을 원상복귀 시키려다 보니 손해는 더 커졌다고 했다. 괜찮다고도 할 수 없었고 해결할 방법도 떠오르지 않았다. 출구가 보이지 않는 캄캄하고 깊은 지하실 어딘가에 혼자 떨어져 있는 기분이었다. 남편은 침대에 엎드려 울기만 하는 나를 보다 밖으로 나갔다.

3장 끝이라고 생각했는데 시작이었다

이 상황을 어떻게 해야 할지 막막했고, 혼자서 이 큰일을 감당하기에는 너무 버거웠다. 친정 언니들에게는 차마 전화할 용기가 나지 않았다. 치유의 꽃님에게 전화를 걸었다. 나는 내 삶이 왜 이렇게 꼬이고 힘든지 모르겠다며 계속 나를 탓하고 있었다. 그녀는 내 잘못은 없다고 차분하게 말했다. 남편도 경제활동을 못하고 있는 것이 불안했을 것이고, 뭐라도 해야 한다고 생각했을 거라고 했다. 나를 힘들게 하려고 그런 것이 아니라 나를 위해 무언가 해주고 싶었던 마음이었을 거라고. 그 말을 듣고 나니 엉켜 있던 마음이 조금씩 풀리는 것 같았다.

전화를 끊고 침대에 기대어 앉았다. 눈을 감고 지금 내 마음이 왜 이렇게 힘든지 들여다보려고 했지만 머릿속은 멍하기만 했다. 그러다가 순간, 머릿속에 번뜩 "누구 손해?"라는 말이 떠올랐다. '미라클 하트'에서 마음 치유 과정을 배우고 있었는데, 대표님이 늘 하시던 말이었다. 텅 빈 공간에서 그 목소리가 들리는 것 같았다.

'남편이 아프고, 돈 날린 것도 억울한데 울고 있으면 누구 손해?'

그 말이 들어오자 울고 있던 마음이 잠깐 멈췄다. 내가 잘못한 것도 아니고, 운다고 해결되는 것도 아닌데 왜 이렇게

끝에서 나는 삶을 만났다

무너져 있는 걸까 싶었다. 그래서 나는 어떻게 해야 하는지 차근차근 생각해 보았다. 남편하고 이혼할 것인가. 아직 해결할 방법은 모르겠지만, 아픈 남편과 헤어지지는 못하겠다는 것만은 분명하게 느껴졌다. 그리고 남편이 아프고 나서 뼈저리게 깨달았던 것이 있었는데, 나는 또 그것을 잊고 있었다. 빚에 마음이 붙잡혀 더 중요한 것을 보지 못했다.

'돈은 벌어서 갚으면 되지. 사람의 생명이 얼마나 귀한지 깨달았으면서 또 이러고 있네.'

그렇게 생각하고 있으니 마음이 조금씩 정리가 되었다. 그러자 이번에는 밖에 혼자 나가서 들어오지 못하고 있을 남편이 걱정되기 시작했다. 자기 자신이 벌인 일 때문에 더 괴로워하고 있을 게 분명했다. 나는 암의 주적이 스트레스라고 들었고, 그래서 마음을 지키는 일이 무엇보다 중요하다고 생각하고 있었다. 잘 해결해 보자고, 너무 힘들어하지 말라고 이야기해 주고 싶었다.

"우울해하고 있어봤자 내 손해라는 걸 배웠잖아. 오빠 찾으러 나가보자."

혼자 중얼거리며 밖으로 나왔다.

엘리베이터 거울 앞에 섰다. 나는 그동안 나를 믿는다는 것, 나를 사랑한다는 말이 무슨 뜻인지 잘 모르고 살았다. 그

3장 끝이라고 생각했는데 시작이었다

런데 그날 거울 속에 선 나는 조금 다르게 보였다. 두 손으로 내 어깨를 감싸 안고 천천히 토닥이며 말했다.

"현정아. 넌 정말 대단하고 귀한 아이야. 그 힘든 시간 다 지나왔잖아. 그보다 더 힘든 일이 뭐가 있겠어. 이제부터 다시 시작이야. 해보자, 현정아. 지금부터 두 번째 기적 체험자야."

거울 속 나에게 손을 맞대고 힘차게 응원했다.

아직 쌀쌀한 날씨라 긴 점퍼를 입고 나왔지만 지퍼를 열고 모자도 벗었다. 싸늘한 공기가 달아올랐던 마음을 식혀주었다. 자동차 소리와 사람들 대화 소리로 길거리는 시끄러웠다. 멀리서, 술을 마신 듯 휘청거리며 바닥만 보고 걸어오는 남편의 모습이 보였다.

"오빠, 술 마셨어?"

"어? 우리 현정이네? 여기 어떻게 알고 왔어?"

"이제 찾으러 가는 중이었지. 술 마실 것 같더라. 나 괜찮다고 얘기해 주러 왔어. 아까는 깜짝 놀랐지만 이제 괜찮아졌어. 내가 한 일도 아니니까 괴로워하지 않을 거야. 오빠도 돈 벌고 싶어서 그랬겠지. 진단금은 다 떨어져 간다고 하지, 나는 돈 벌어야 한다고 일자리 알아보고 있지. 그러니까 얼마나 돈을 벌고 싶었겠어. 그런데 두 번이나 해봤는데 이건 아닌 걸 알았잖아. 그러니까 세 번은 하지 말자. 조금이라도 우리가 열심히 일해서 벌자. 나 이제부터 더 열심히 살 거야.”

눈물만 뚝뚝 흘리며 바닥만 보던 남편은 그제야 얼굴을 들어 나와 눈을 마주쳤다.

“더 열심히 살지 말고 그냥 살아. 나 같은 사람도 그냥 사는데 너처럼 열심히 사는 애가 뭘 더 열심히 한대. 열심히 말고 하고 싶은 거 해. 현정아, 나 때문에 힘들어하지도 말고, 열심히 하지도 말고, 네가 원하는 것을 해.”

“내가 원하는 게 우리 가족이 잘 사는 거야. 우리 애들 잘 키우고 오빠랑 넷이서 잘 사는 게 내가 원하는 거니까 오빠 찾으러 왔지.”

“나 두고 가도 뭐라고 안 할 테니까 애들 데리고 가고 싶으면 가도 돼. 나는 내가 알아서 살 테니까. 집이랑 다 네가 가지고 가.”

“어차피 집도 다 대출인데 뭘 가지고 가. 은근슬쩍 대출 나보고 다 갚으라고 그러는 거지.”

“어? 그런가? 그건 아닌데 그렇게 되나?”

우리는 그런 와중에도 실없는 소리를 하며 웃었다.

“현정아. 지금 같은 상황에 너무 미안해서 웃으면 안 되는데, 널 보니까 웃음이 나네.”

“그럼 웃어. 웃기면 웃고, 슬프면 울고 그러면 되지.”

길가에 서서 한참 이야기를 나누다가 가까운 술집으로 들어갔다. 1년 반 만에 둘이 마주 앉아 마시는 술이었다. 술이 무언가를 해결해 주는 것은 아니었지만, 그날은 술 덕분에 오랜만에 울고 웃으며 깊은 이야기를 나누게 되었다. 남편은 잘못된 방식인 줄 알면서도 우리에게 빨리 무언가를 해주고 싶었다고 했다.

"아프기 전에는 솔직히 주말부부 하면서 친구 만나 놀고 술 마시고 하는 게 좋았었어. 그래서 옆에 있는 너, 아이들, 엄마가 어떻게 사는지 잘 못 봤어. 그런데 아프고 나니까 가족이 제일 먼저 보이더라. 늘 내 걱정하는 엄마, 집안일이랑 애들 혼자 다 보면서 살고 있는 너, 그리고 아빠 아프다니까 옆에서 챙겨 주고 괜찮은지 물어봐 주는 우리 딸들. 잘못된 건 알았는데 돈 벌어서 가족들한테 잘해주고 싶었어. 우리 애들도 하고 싶은 거 더 많이 하게 해주고, 너도 일한다고 회사 알아보는데 사실 카페 하고 싶어 했잖아. 대출받아서는 절대 안 하려고 하니까. 돈 벌어서 우리 현정이 카페 차려주고 싶었거든. 그런데 더 미안하게 됐네."

남편의 말을 듣고 있으니 그동안 얼마나 마음이 복잡했을지 조금은 느껴졌다.

"나도 예전에는 오빠가 능력 있고 더 다정한 사람이었으면

끝에서 나는 삶을 만났다

좋겠다고 생각했어. 그런데 지금은 아니야. 어떤 모습으로
든 내 남편이고, 아이들 아빠로 있는 것만으로도 소중하다는
걸 알았거든. 가진 것이 조금 부족해도 아이들 커가는 거 같
이 보는 것만으로도 행복하잖아. 함께하는 것만으로도 충분
히 행복할 수 있잖아. 그러니까 우리 급하게 가려고 하지 말
고 천천히 가자.”

잘못된 방식인 줄 알지만, 그 일의 시작은 아마 사랑이었
을지도 모른다. 그는 명품이나 좋은 차, 좋은 집을 갖고 싶어
탐내는 사람이 아니었다. 여윳돈이 생기면 백화점에 가서 가
끔 내 신발이나 옷을 사주고, 아이들이랑 셋이 다녀오라며
스테이크하우스 쿠폰을 사서 보내주는 사람이었다. 나는 그
런 마음을 알고 있었기에 더 가슴이 아팠다. 늘 허허 웃으며
어영부영 넘어갔던 진심을 그날 처음으로 나누었다. 그리고
지금 함께 있는 시간을 소중히 여기고, 서로에게 마음을 표
현하며 살자고 약속했다.

4장

나는 다시 살기 시작했다

1

평범한 사람이 비범하게 살아낸
이야기가 특별한 겁니다

나는 더 열심히 살겠다고 말했지만, 막상 무엇부터 해야 할지는 보이지 않았다. 내가 배운 것들 가운데 지금 당장 붙들 수 있는 일이 무엇인지 하나씩 떠올려보았다. 커피를 배우고 좋아했지만 카페를 차릴 돈은 없었고, 구인구직 사이트를 뒤져 봐도 내가 들어갈 만한 자리는 잘 보이지 않았다. 심리상담도 배웠지만, 아직은 돈을 받고 상담할 만큼 익숙한 상태는 아니라고 느껴졌다.

그러다가 책과강연이 떠올랐다. 책과강연은 자신의 이야기를 글과 강연으로 정리할 수 있도록 도와주는 출판기획 에이전시였다. 연말에 강연이 끝난 뒤 대표님이 남긴 글이 오래 마음에 남아 있었다.

"여러분이 세상의 중심입니다. 여러분이 미래입니다. 책과 강연은 여러분의 삶을 비추는 머리 위 태양이 되겠습니다. 발 아래 한 치도 떨어지지 않는 겸손한 그림자가 되겠습니다."

삶을 비추는 머리 위 태양, 발아래 떨어지지 않는 그림자. 그 문장을 몇 번이나 다시 읽었다. 글을 읽고 있으면 어린 시 절로 돌아가는 느낌이 들었다. 아버지가 있었다면 어땠을까. 나를 믿어주고 기다려주는 사람이 있었다면, 적어도 스스로 를 미워하고 가치 없다고 여기는 시간은 조금 짧아지지 않았 을까. 감사 노트에 한 글자씩 옮겨 적을 때 손끝이 괜히 천천 히 움직였다.

"지금까지와 다르게 살아보고 싶다고 생각하시는 분은 오 세요."
책과강연에서 들었던 그 말이 마음 밑바닥에 가라앉아 있 다가 어느 순간 툭 떠올랐다. 나는 진단 코칭을 받아보고 싶 다고 전화를 했다. 어린 시절부터 지금까지의 삶을 적은 자 기소개서를 써오라는 말을 듣고 며칠 동안 원고를 붙잡았다.

끝에서 나는 삶을 만났다

종이 위에 지난 시간을 적어 내려가는데, 잊은 줄 알았던 장면들이 하나둘 다시 떠올랐다.

준비한 자기소개서를 들고 사무실을 찾아갔다. 문을 열고 들어서자 노란 조명 아래로 차분한 음악이 잔잔하게 흐르고 있었다. 대표님을 직접 보는 건 처음이었지만, 줌이라는 화상 회의 프로그램으로 자주 뵈어서인지 직접 만나는 것이 어색하지 않았다.

"작가님, 잘 지내셨어요?"

인사치레로 건넨 말일 수도 있었지만, 그 순간만큼은 솔직하게 말하고 싶었다.

"최근에 힘든 일이 있어서 잘 지내지는 못했어요. 그런데 여태까지는 벌어지는 일들을 해결하는 삶을 살았다면, 이제는 계획을 세우고 주도적으로 이끌어 가는 삶을 살고 싶어서 왔습니다."

맞은편에 앉은 대표님은 자기소개서를 펼쳐 보며 물었다.

"작가님은 어떤 주제로 글을 쓰고 싶으세요?"

나는 기다렸다는 듯 말을 꺼냈다. 아프기 전에 사람들이 건강에 관심을 가져야 한다는 이야기를 쓰고 싶다고, 아프고 나면 참고 견뎌야 할 일들이 너무 많다고 말했다. 두려움은 말로 다 옮기기 어려울 정도고 식습관, 생활습관이 얼마나 중요한지도 그때 처음 알게 됐다고 했다. 말을 꺼내는 동안 마음이 점점 들뜨고 있었다. 벌써 내가 무슨 대단한 일을 시작한 사람처럼 가슴이 앞서 나갔다.

대표님은 한동안 내 말을 조용히 듣더니 종이 위에 삼각형 하나를 그리고, 그 위에 만세 하는 사람을 그렸다. 그리고 머리 위에 동그라미 하나를 얹었다. 그림에 대한 설명은 없었는데, 이상하게 가슴 안쪽이 뜨거워지고 눈앞이 흐릿해졌다.
"시지포스 아세요?"
"아니요. 누군지도 모르는데 눈물이 먼저 나네요."
오르막 앞에 선 사람의 그림만 봐도 어깨가 눌리는 기분이 들었다.
"시지포스가 돌덩이를 정상까지 올려놓으면, 돌은 다시 아래로 떨어져요. 그래서 다시 올려놓으면 또 떨어지게 되어 있죠. 평생 돌을 정상으로 올려야 하는 형벌을 받은 거예요. 그런데도 묵묵히 다시 해야 하거든요. 작가님 글을 보는데 시지포스가 생각나더라고요."
그 말을 듣는 순간 목 안쪽이 뜨거워졌다. 내가 끌고 올라

끝에서 나는 삶을 만났다

온 것들이 눈에 보이는 것 같았다.

대표님은 다르게 살고 싶어 하는 나를 위해 한 가지 제안을 했다. 4월에 하는 강연에 연사로 설 수 있겠느냐고 물었다.

"네? 제가요? 저는 평범하게만 살아서 강의할 게 없는데요."

대표님이 웃으며 말했다.

"작가님, 밖에 나가서 사람들 봐요. 세상 사람들은 다 평범해요. 특별해 보이는 사람은 없어요. 평범해 보이지만 비범하게 살아낸 사람들이 특별한 겁니다."

나는 여전히 얼떨떨한 채로 물었다.

"그래도 제가 무슨 주제로 강연을 하나요?"

"자기소개서에 쓴 내용을 무대에서 해보는 거예요. 그리고 그 내용을 글로 담아내면 한 권의 책이 나오는 거고요. 해볼 수 있겠어요?"

"네. 무엇이든 해보려고 왔으니까 할 수 있어요."

코칭이 끝나고 강남의 인파 사이를 걸어가는데, 이상하게 세상 소리가 한 겹 멀어지는 것 같았다. 평범하다고 생각했던 내가 책을 쓰고 강연을 하기로 했다.

버스 정류장 쪽으로 천천히 걸어가다가 길가 꽃집 앞에서 발이 멈췄다. 화려한 색들이 눈에 들어왔다.

"안녕하세요. 저한테 줄 꽃을 사려고요. 꽃말은 잘 모르는데 어떤 꽃이 좋을까요?"

점원은 누구에게 선물하는지 묻지도 않았는데, 나는 먼저 말을 꺼냈다. 오늘만큼은 누군가가 이 꽃의 의미를 알아줬으면 했다.

"프리지아 어떠세요? 자기 사랑이라는 의미도 있고, 새로운 시작을 응원하는 의미도 있어요. 오늘 좋은 일 있으신가 봐요?"

"네. 그럼 프리지아로 주세요. 오늘은 평범하다고 생각했던 제가 특별해진 날이거든요."

점원은 무슨 말인지 다 이해하지 못한 표정으로 웃었고, 나도 다른 설명 없이 따라 웃었다.

꽃을 들고 식당에 들어가 혼자 점심을 먹었다. 핸드폰을 들었다 놨다 하며 괜히 주변을 둘러보았다. 타인을 의식하며 몸 둘 바를 몰라 하는 내 모습이 느껴졌다. 나는 두리번거리던 시선을 멈추고 핸드폰을 뒤집어 탁자 위에 내려놓았다. 그리고 어색해하는 나를 그대로 두기로 했다. 이제부터는 타인이 아니라 나와 함께 있는 시간에 집중해 보기로 했다.

프리지아를 들고 집 현관문을 열었다.
"여보, 나 왔어. 나 이제 작가가 될 거야. 그리고 강연도 하기로 했어. 그래서 내가 나한테 꽃 선물도 사줬어."
남편은 놀란 얼굴로 나를 보며 말했다.
"네가 무슨 강연을 해?"
"지금까지 살아왔던 이야기들을 무대에서 하고, 그 내용을 글로 쓰기로 했어. 본의 아니게 오빠 이야기도 다 해야 하네. 미안해."
남편은 잠시 나를 보더니 말했다.
"아니야. 그게 네가 하고 싶은 거라면 그렇게 해."
그 말을 듣고도 나는 남편 얼굴을 한 번 더 살폈다. 미안한 마음에 그의 표정을 자꾸 확인하게 됐다.

강연을 하겠다고는 했지만, 내가 무대 위에서 해야 할 이야기는 남편의 잘못을 사람들 앞에서 꺼내놓는 일이기도 했다. 남편에게도 미안했고, 어머님께도 미리 말씀드려야 할 것 같아 전화를 드렸다. 조심스럽게 강연 이야기를 꺼내고, 남편 이야기도 해야 할 것 같다고 말씀드렸다. 잠시 침묵이

4장 나는 다시 살기 시작했다

흐른 뒤 어머님이 말했다.

"사람들이 도현이의 잘못을 보려는 게 아니라 네가 어떻게 살아왔는지를 보려는 거 아니냐. 절대 미안해하지 마라."

전화를 끊고 나서 가슴에 걸려 있던 돌 하나가 조금 내려가는 느낌이 들었다.

남편이 처음 빚을 졌을 때 나는 화를 참지 못했고, 지난 일을 몇 번이고 끄집어내 다시 화내기를 반복했다. 그러고는 화난 내 마음을 이해하지 못하는 남편과 지겹도록 싸웠다. 그 뒤 남편이 아프고 나서는, 남편을 미워했던 마음과 퍼부었던 화살이 모두 내 쪽으로 돌아와 꽂히는 듯한 시간을 겪었다.

이제는 안다. 다시 돌아오지 않는 지금을 사랑하며 사는 게 가장 중요하다는 것을. 돈은 벌면 갚을 수 있고 감정은 결국 지나간다. 이번에는 무너지는 모습보다 다시 시작하는 모습을 보여주고 싶었다.

이른 아침 헤어와 메이크업을 받고 강연장으로 향했다. 같은 날 무대에 오르는 연사들을 보니 하나같이 반듯하고 훌륭해 보였다. 청중은 배움이 있는 강연을 듣고 싶어 할 텐데,

끝에서 나는 삶을 만났다

이런 내 이야기를 누가 들을까 싶었다. 얼굴이 갑자기 달아오르고 심장이 빠르게 뛰었다. 강연 준비로 분주하게 움직이는 사람들 사이에서 도망치고 싶은 마음이 올라왔다. 머릿속은 핑계를 만들어 내느라 바빴고, 어깨에는 힘이 들어갔다. 가방을 든 두 손이 저절로 앞으로 모였다. 안절부절못하는 내 모습이 불편해 보였는지 대표님이 의자에 앉으라고 했지만, 나는 끝내 앉지 못했다. 쿵쾅거리는 심장 때문에 서 있는 편이 오히려 더 나았다. 이렇게 하찮아 보이는 내 모습으로 무대에 서느니, 그냥 돌아서서 안 하겠다고 말하고 나가 버릴까 싶은 생각까지 들었다.

그때 대표님이 했던 말이 떠올랐다.
"평범한 사람이 비범하게 살아낸 이야기가 특별한 거예요."

그 말을 떠올리는 순간, 내가 또다시 세상의 기준으로 나를 재고 있었다는 걸 알아차렸다. 오늘은 높은 곳에 올라 증명하는 자리가 아니라, 깊은 지하에서 바늘구멍 같은 작은 빛을 향해 올라가기 시작하는 자리였다. 그렇게 생각하자 비교하던 마음이 조금씩 사라졌다. 떨림은 완전히 없어지지 않았지만, 내 발아래로 내려앉았다. 나는 담담하게 내 이야기를 해 나갔다.

강연이 끝나고 밖으로 나오는데 이상하게 마음이 가벼웠다. 나는 이제 숨지 않고 내 이야기를 하며 살 수 있겠다는 생각이 들었다.

이제는 막연한 미래를 크게 그리는 것보다 우리 가족이 지금을 살아가는 일이 더 먼저라는 생각이 들었다. 언제 올지 모르는 미래를 위해 오늘을 미루며 살지 않기로 했다. 지금 함께 밥을 먹고, 웃고, 하루를 보내는 이 시간이 가장 중요하다는 것을 잊지 않으며 살기로 했다.

비가 오면 비를 맞고, 바람이 불면 흔들릴 수도 있겠지만 그 자체를 받아들이며 살고 싶다.

남편의 잘못은 이미 지나간 시간 속에 있다. 그래서 나는 더 이상 과거를 붙잡지 않고 지금을 살아보기로 했다. 누가 봐도 힘들어질 거라고 예상하는 미래일지라도, 남들의 예상이 내 삶이 되는 것은 아니었다. 어떤 삶을 살지, 그 안에서 어떻게 행복할지는 결국 내가 선택하는 일이었다.

태어나서 이유가
생기는 거예요

강연이 끝나고 며칠 뒤, 전화와 인스타그램 DM으로 두 사람에게 연락이 왔다. 두 분의 사연은 닮아 있었다. 사는 게 너무 힘들어서 삶을 놓아버리고 싶었는데, 내 강연을 듣고 마음이 달라졌다고 했다.

"나는 특별히 큰일을 겪은 것도 아닌데 뭐가 그렇게 고달파서 삶을 포기하려 했을까요. 아무 일도 일어나지 않았는데 걱정이 저를 계속 괴롭히고 있었더라고요. 현정 님도 사는데 저도 잘 살아볼게요."

그 문장을 읽는 순간 마음이 저릿해졌다. 화면을 쥔 손에 힘이 들어갔고, 눈앞이 잠깐 흐려졌다. 정말 내가 누군가를 살리는 데 조금이라도 닿았다는 말일까.

'미라클 하트' 마음치유 대표님은 사람을 살리는 일은 의사만 하는 게 아니라고 말하셨다. 진심으로 상대를 대하면 누구나 누군가를 살리는 데 힘이 될 수 있다고 했다. 그 말을 들었을 때는 멀게 느껴졌는데, 그날은 그 말이 가슴 깊이 내려앉았다.

사회적으로 인정받는 성과나 스펙 같은 것이 아니라, 내 삶을 버티고 살아낸 시간들이 내 안에 차곡차곡 쌓여 있었다. 내가 살아낸 이야기 하나가 지금처럼 단 한 사람에게라도 희망이 될 수 있다면, 더 나누고 싶다는 마음이 올라왔다. 삶이 허무하게 느껴지는 날도 있었지만 어쨌든 나는 그날들을 지나 여기까지 와 있었다.

그 무렵 법륜스님 말씀이 자주 떠올랐다. 우리는 왜 살아야 하느냐는 질문 안에는 사실 내가 특별한 사람이어야 한다는 생각이 숨어 있다고 했다. 특별한 삶을 살아야 하는데 그러지 못해 괴롭다고 여기는 마음, 내 삶에 큰 의미를 붙이고 그 의미에 맞춰 살아야 한다는 부담이 결국 스스로를 짓누른다는 말이었다. 길가에 난 풀 한 포기나, 산속의 다람쥐나, 다 자기 몫의 삶을 살 뿐이라는 말씀도 오래 마음에 남았다.

우리는 이유가 있어서 태어난 것이 아니라 태어났기 때문에 이유가 생기는 것이라고 했다. 삶은 이유보다 먼저 이미 주어져 있고, 그다음에는 괴롭게 살지 즐겁게 살지, 그 사이에서 선택하며 가는 것이라고 했다. 왜 태어났느냐고 자꾸 되묻다 보면 텅 빈 공간만 바라보게 되지만, 어떻게 살 것인가를 묻기 시작하면 그때부터 삶이 앞으로 움직인다는 말이었다.

그 말을 듣고 나니 마음이 조금 놓였다. 이유가 있어서 태어난 사람은 없으니, 거창한 목적이 있어서 시작된 삶도 아니라는 생각이 들었다. 그냥 태어났고, 삶이 주어졌고, 그래서 순간순간 조금 더 나은 쪽으로 발을 옮기며 사는 것인지도 모르겠다고 느꼈다. 특별해야 한다는 생각을 내려놓고 나니 이상하게도 특별하지 않은 날이 없어 보였다.

그때 드라마 〈눈이 부시게〉에서 김혜자 배우가 했던 말이 떠올랐다.

"내 삶은 때론 불행했고 때론 행복했습니다."

4장 나는 다시 살기 시작했다

그 문장을 떠올리자 마음 깊은 곳이 천천히 울리는 느낌이
었다. 가난했던 어린 시절, 결혼, 아이들과 공원에서 뛰어놀
던 순간, 남편의 암진단, 그리고 지금. 지나온 장면들이 이어
지듯 떠올랐다. 내 삶은 때론 불행했고, 때론 행복했다. 별거
아닌 것 같은 하루도 지나고 보면 분명히 손에 남는 것이 있
었다. 따뜻한 커피 한 잔, 아이들의 웃음소리, 저녁 무렵 하
늘의 노을. 그런 순간들이 모여 지금의 삶이 되어 있었다.

삶이 힘들 때, 살아야 하는 대단한 이유를 찾지 못해도 괜
찮았고, 아직 삶의 목적을 몰라도 괜찮았다. 오늘 하루를 버
틴 것만으로도 충분한 날이 있었다. 이미 지나가버린 후회와
아직 오지 않은 미래가 지금 이 순간을 다 가져가 버리지 않
도록 했다. 그리고 오늘을 조금 더 바라보고, 조금 더 느끼며
살았다.

그리고 생각했다. 태어나서 이유가 생기는 것이라면, 힘들
었던 시간을 견디고, 다시 웃고, 다시 일어서는 이 순간도 분
명 하나의 이유가 되어가고 있겠지.

끝에서 나는 삶을 만났다

3

그래서 내 삶을
사랑해 보기로 했다

강연이 끝나면 내 삶이 금방이라도 달라질 줄 알았다. 무대에 서서 내 이야기를 했으니 이제는 뭔가가 움직이기 시작할 것 같았다. 그런데 정작 내 앞에 온 것은 무기력이었다. 아이들에게 짜증이 늘었고, 아침에 등교를 시키고 나면 식탁 위에 밥그릇도 치우지 못한 채 바로 침대에 누워버렸다. 몸은 물을 잔뜩 머금은 솜처럼 축 늘어졌고, 눈은 반쯤 감긴 채 잘 떠지지 않았다.

생활비와 교육비는 계속 밀려오는데 이상하게도 일은 하고 싶지 않았다. 예전에 남편 빚을 갚으려고 밤낮으로 일하고 주말에도 쉬지 않으며 돈을 벌던 때가 있었다. 그런데 돈

205

이 늘어나는 만큼 남편을 향한 미움도 함께 쌓였다. 손에 쥐어보지도 못하고 이자로 빠져나가는 돈, 아이들을 떼어놓고 나가 벌어 온 돈이 다른 사람 호주머니로 들어간다고 생각하면 속에서 뜨거운 것이 올라왔다. 그럴 때마다 남편과 새벽 늦게까지 싸웠고, 나는 올라오는 화를 붙잡지 못했다. 다시 일을 해서 빚을 갚아야 한다는 생각만 해도 그때의 감정이 그대로 올라오는 것 같았다.

그러면서도 아무것도 하지 못한 채 누워 있는 내가 한심했고, 그런 나를 보는 것도 싫었다. 인터넷 검색 창에 '번아웃'을 쳤다. 몇 줄 읽지도 않았는데 눈물이 주르륵 흘러 베갯잇을 적셨다. 다시 다음 날이 오지 않기를 바라며 잠드는 날도 늘었다. 꿈속에서 숨이 쉬어지지 않아 허우적거리다가 잠에서 깨는 날도 있었다. 가슴을 움켜쥔 채 숨을 몰아쉬며 한참을 앉아 있기도 했다.

힘들 때마다 즉문즉설을 찾아보곤 했는데, 어느 순간부터는 그것조차 찾아볼 힘이 빠져나가는 것 같았다. 스님 말씀에만 기대고 있을 것이 아니라, 이 고통에서 스스로 조금이라도 걸어 나와야겠다는 생각이 들었다. 그래서 정토회의 불

교대학에 입학했다. 정토회는 법륜스님이 지도법사로 계시는 수행공동체다. 매주 법문을 듣고, 일주일 동안 수행 연습을 한 뒤 도반들과 나누기를 한다. 법문을 듣던 어느 날, 이런 말씀을 들었다.

"마음은 남이 나를 이해할 때 편해질 것 같지만, 내가 남을 이해할 때 시원해진다."

그 말을 듣는 순간 가슴 한쪽이 살짝 건드려지는 느낌이 들었다. 힘든 상황 속에서 남편이 미안하다고 말하고, 괜찮냐고 물어볼 때마다 나는 괜찮다고 대답했지만, 마음속 어딘가에는 늘 작은 응어리가 남아 있었다. 그런데 법문을 듣고 남편을 이해하려고 마음을 돌이켜보니, 왜 그랬을까 하는 질문 끝에 한 가지가 보였다. 가족 때문이었다. 한 번에 큰 돈을 벌어 우리 가족이 조금 더 편안하게 살고, 원하는 일을 하는데 보탬이 되리라고 생각했다고 했다. 이미 알고 있었지만 머리로만 아는 것과 마음으로 이해하는 것은 전혀 달랐다. 나는 그를 조금씩 이해하고 있었다.

마음이 좁아져 있을 때는 아이들이 벗어놓은 양말도 문제였고, 밥을 먹고 싱크대에 그릇 하나 옮겨놓지 않는 것도 문제였다. 매달 나가는 이자도 너무 아까웠다. 그런데 세상을

4장 나는 다시 살기 시작했다

조금 멀리서 바라보면 모양이 달라졌다. 네 식구가 살 집이 있었고, 타고 다닐 차도 있었다. 남편도 함께 있었고, 아이들은 건강하게 자라고 있었다. 이자도 감당하지 못할 만큼은 아니었다. 그렇게 큰 눈으로 보면, 내가 문제라고 붙잡고 있던 것들이 전부는 아닌 것처럼 느껴졌다.

책을 읽고 공부를 하면서 마음은 조금씩 붙잡았지만, 해결해야 할 일들은 계속 밀려왔다. 어린이집에 이력서를 냈다. 몇 시간 전부터 면접 준비를 하고 있었지만 자꾸만 흐르는 눈물을 닦아내느라 시간은 점점 늦어졌다. 분명 다르게 살겠다고 다짐했는데 다시 해결해야 할 일들이 먼저라는 사실 앞에서 한숨이 자꾸 나왔다.

한참을 그렇게 앉아 있다가 결국 마음을 접고 준비를 다시 시작했다. 계속 이렇게 살 것만은 아니고, 잠깐 돌아가는 시간일 뿐이라고 생각하기로 했다. 나중에는 내가 하고 싶은 일을 하며 살 수 있을 거라고 스스로를 다잡았다. 그렇게 마음을 몇 번이나 정리하고 나니 조금은 괜찮아지는 것 같았다.

새로운 일을 시작하면서 글쓰기도 멈추었다. 다시 시작해야 하는데 계속 미루기만 하다가 이대로 끝나버릴 것 같은

끝에서 나는 삶을 만났다

불안이 올라왔다. 결국 다시 코칭을 예약했다. 줌 화면으로 대표님과 마주 앉자 부끄러움과 죄책감이 밀려왔다.

그때 대표님이 말했다.

"먹고사는 게 우선이기 때문에 지금 당장 일하는 것도 중요해요. 그런데 하나만 기억하세요. 꿈이 없이 일하는 건 노동이지만 꿈을 갖고 일하는 건 투자예요. 지금은 글을 쓰고 다르게 살아보겠다는 꿈을 가지고 일하는 거니까 노동이 아니라 투자겠지요?"

그 말을 듣는 순간 마음속에 돌덩이처럼 박혀 있던 미움이 스르르 녹는 느낌이 들었다. 그 미움은 남편만 향하고 있던 것이 아니라 어느새 나를 향하고 있었다. 그런데 "괜찮아요."라는 말 한마디가 그 단단한 덩어리를 조금씩 풀어냈다. 그제야 다시 떠올랐다. 그래, 나는 꿈이 있었지. 그 생각이 들자 앞으로 한 발 내디딜 힘이 아주 조금 생겼다.

법륜스님은 삶을 등산에 비유하며 말씀하셨다. 등산을 하다 보면 오르막길도 있고 내리막길도 있고, 돌부리에 걸려 넘어지기도 하고 물웅덩이에 발이 빠지기도 한다. 그렇다고 왜 거기에 돌이 있냐고 따지지는 않는다. 정상에 올라서면

힘들었던 일보다 경치가 먼저 보이고, 힘들게 올라온 산이
더 기억에 남는다고 하셨다.

그 말을 듣고 있으니 내 앞에 놓인 길이 눈앞에 그려졌다.
내가 가는 길은 분명 험했다. 아직도 그 길 위에 서 있어서
끝이 어디인지 알 수는 없지만, 언젠가 정상에 올라 뒤돌아
보는 날이 오면 할 이야기가 참 많겠구나 싶었다. 그때는 아
마 힘들었지만 재미있는 길이었다고 말하게 될지도 모른다.

그래서 나는 이야깃거리가 가득한 내 삶을 사랑해 보기로
했다.

끝에서 나는 삶을 만났다

이미 가지고 있던 것들

'나 찾기 프로젝트'에 참여했었다. 겉으로 보이는 모습부터 내면까지 다양한 질문을 따라가며 나를 들여다보는 프로그램이었다. 운영자는 영국에 살고 있었고, 참여자들도 영국, 호주, 미국 등 각자 다른 곳에서 온라인 줌미팅에 접속했다. 나이도 제각각이었지만 화면 안에 모인 이유는 하나였다. 각자의 자리에서 자기 자신을 마주해 보려는 사람들이었다.

프로젝트를 하면서 질문에 답을 적어 내려갔다. 내가 언제 편안한지, 언제 에너지가 올라오는지 하나씩 써보았다. 그러다 보니 독서 모임에서 사람들과 이야기를 나누거나 내가 배운 것을 꺼내 나눌 때 마음이 밝아진다는 걸 알게 됐다.

반대로 하루 일과를 시간대별로 적고 감정 상태를 체크해 보면서는 예상하지 못했던 장면을 보게 됐다. 가장 편하게 쉬고 있다고 생각했던, 침대에 누워 있는 시간에 가장 낮은 점수를 주고 있었다.

가만히 누워 있는 시간에 머릿속이 조용해지는 게 아니라 오히려 나를 향한 말들이 계속 올라왔다. 해야 할 일을 미뤄 둔 채 누워 있으면 마음이 무거워졌고, 나를 깎아내리는 말들이 이어졌다. 그걸 알아차리고 나서는 '쉰다.'라는 이유로 그대로 누워 있는 시간을 줄이기 시작했다. 아이들 등교 시간에 맞춰 같이 집을 나서서 운동을 했고, 책을 읽을 때도 집 대신 도서관으로 향했다. 몸은 귀찮다고 버티는데도 하루 끝에 감정 상태를 체크해 보면 점수가 분명 달라져 있었다.

프로젝트에서는 핵심 가치를 찾는 시간도 있었다. 여러 키워드 중에서 열 개를 고르고, 다시 다섯 개를 남기고, 그중 덜 중요한 것들을 하나씩 지워 나갔다. 마지막에 남은 두 개 중 하나에 동그라미를 치는 순간 손이 잠깐 멈췄다. '안정감'이었다. 나는 안정감을 원하는 사람이었다. 그런데 늘 보이지도 않는 미래를 붙잡고 불안한 쪽으로 마음이 먼저 가 있었다.

끝에서 나는 삶을 만났다

또 하나의 질문이 이어졌다. '10억이 있다면 무엇을 하고 싶은가.' 머릿속에 떠오르는 것들을 적어 내려갔다. 집, 차, 여행, 여러 가지가 적혔다. 그중에서 하나만 남기라고 했을 때 끝까지 남은 것은 가족과 캠핑카를 타고 여행을 가는 모습이었다. 이유를 적다가 멈췄다. 가족과 행복해지고 싶어서였다. 그 문장을 적어놓고 몇 번이고 다시 읽어 보았다. 그건 먼 미래의 이야기가 아니라 지금도 시작할 수 있었다.

나는 그대로 자리에서 일어나 거실로 나갔다. 남편을 가운데 두고 양쪽에 아이들이 바짝 붙어 앉아 TV를 보고 있었다. 셋이 서로 기대 앉아 있는 모습이 눈에 들어왔다. 그 장면을 바라보는데 가슴 안쪽이 따뜻하게 퍼지는 느낌이 들었다. 10억이 있어야 가능한 일이라고 붙잡고 있었던 것들이 사실은 지금도 손에 닿아 있었다.

'나 찾기 프로젝트' 과정을 지나면서 내가 무엇을 좋아하는지 조금씩 또렷해졌다. 그동안은 다른 사람들의 시선과 기준을 따라가고 있었던 것 같았다. 남들이 좋다고 하는 것, 보여주기 괜찮은 것을 먼저 고르고 있었다. 그런데 이제는 내가 편안해지는 쪽으로 조금씩 움직이고 있었다. 작년에 입던 옷

4장 나는 다시 살기 시작했다

을 그대로 입고 같은 신발을 계속 신어도 신경이 덜 쓰였다. 대신 글을 읽고 쓰며 내 안을 채워가는 시간이 더 크게 느껴졌다. 그 시간 안에 있을 때는 다른 사람의 시선이 멀어지는 느낌이 들었다.

나는 새벽에 일어나 감사 노트를 쓰며 마음을 다잡고 하루를 시작했다. 남편과 아이들을 챙기고 집안일을 하다 보면 하루는 빠르게 지나갔다. 하루 종일 엉덩이 붙일 새도 없이 움직이고 있었지만 가끔은 결과 없이 하루가 지나가 버린 것 같은 느낌이 들었다. 내가 어디로 가고 있는건지 잘 모르겠다는 생각이 들면 마음속에서는 계속 나를 다그치고 있었다.

프로젝트 마지막 날, 열심히 달려온 자신에게 한마디를 건네 보는 시간이 있었다. 화면 속에 앉아 있는 사람들 모두 말없이 고개를 숙이고 있었다. 누군가 말을 꺼내지 않아도 눈물이 먼저 떨어지고 있었다.

그때 한 참여자가 아기를 안은 채 마이크를 켰다.

"우리는 항상 부족하다고 말하지만 그래도 계속 도전하고 있잖아요. 노력하려고 노력하는 내 모습이 참 사랑스럽습니다. 여러분도 충분히 사랑스럽고 아름다운 사람입니다."

그 말을 듣는 순간 가슴이 조용히 흔들렸다. 아무도 바로
말을 잇지 못했다. 화면 너머로 서로를 바라보면서 각자의
자리에서 고개를 끄덕이고 있었다. 말은 없었지만 그 시간
안에서 서로를 밀어주고 있는 느낌이 전해졌다.

5

나는 이 삶을 살기로 했다

나는 지인의 추천으로 피부관리숍을 준비하고 있었다. 화장품을 직접 써보고, 자격 과정도 알아보고, 상가도 찾아다녔다. 대표님은 한국에서 숍을 운영하면서 베트남으로 사업을 확장할 계획이라고 했다. 그 이야기를 듣고 있으니 아직 아무것도 시작하지 않았는데 벌써 뭐라도 된 사람처럼 마음이 커져 있었다.

그러다 어느 날, 갑자기 한 문장이 머릿속을 스치고 지나갔다.

'내가 꿈꾸지 않으면, 남이 꿈꾸는 대로 살게 된다.'

그 문장이 떠오른 순간 급히 따라가던 발걸음이 잠깐 멈춘 느낌이 들었다. 나는 새로운 일을 찾고 있는 줄 알았는데 돌

끝에서 나는 삶을 만났다

아보니 돈이 되는 일, 잘된다고 하는 일을 따라가고 있었다. 나는 내 삶을 만들어가고 있는 게 아니라 남의 꿈 위에 이미 만들어진 길로 들어가고 있었다.

나는 돈을 따라가던 시선을 잠깐 내려놓았다. 내가 원하는 게 정말 이 길이었는지 스스로에게 물어봤다. 선명한 대답은 나오지 않았지만, 이건 아니라는 감각이 먼저 올라왔다.

대표님을 만나서 말을 꺼냈다. 돈을 많이 버는 것도 중요하지만 내가 어떤 삶을 살고 싶은지 찾고 있었던 것 같다고, 대표님을 보면서 따라가고 싶은 욕심에 방향을 잃고 가고 있었다고 말했다. 말씀드리고 나니 억지로 입고 있었던 옷을 벗은 것처럼 마음이 조금 가벼워졌다.

집에 돌아와 옷을 갈아입으며 장롱 문을 열었다. 그토록 갖고 싶어서 샀던 가방이 걸려 있었고, 밤마다 아이들을 재워놓고 충동적으로 샀던 옷들이 쌓여 있었다. 찬장에는 거의 쓰지 않은 커피잔들이 가지런히 놓여 있었다. 그 물건들을 하나씩 바라보는데 설레던 마음이 하나도 느껴지지 않는다는 걸 알게 됐다. 처음 손에 쥐고 있을 때 잠깐 반짝였지만 금방 원래부터 집에 있던 물건처럼 아무렇지 않게 느껴졌다.

지금은 그때와는 조금 다른 시간을 보내고 있다. 아침에 일어나 절을 하며 내 마음을 들여다보고, 글을 쓰고, 책을 읽고, 몸을 움직인다. 겉으로 보면 큰 성과는 없어 보일 수도 있지만, 커피 한 잔을 앞에 두고 글을 읽고 쓰는 시간은 조용하고 안정된 느낌을 준다. 가슴 안쪽이 잔잔해지는 시간이 이어지고 있다.

남편과의 관계는 편안하지만은 않았다. 겉으로는 웃으며 지내고 있었지만 마음 깊은 곳에는 작은 걸림이 남아 있었다. 가끔 남편이 나를 불편하게 하면 머리로 생각할 틈도 없이 먼저 말이 튀어나왔다.

"오빠가 나한테 그러면 안 되지."

그 말을 하고 나면 마음 한쪽에 후회와 죄책감이 남았다. 왜 나는 이 관계를 놓지도 못하고 완전히 편안하게 지내지도 못할까.

그 마음이 궁금해서 정토회의 '깨달음의 장'에 다녀왔다. 깨달음의 장은 괴로움이 없는 사람, 자유로운 사람이 되는 길을 안내하는 4박5일 과정의 수련이다. 나는 그곳에서 분명하게 알게 됐다. 나는 참고 버티고 있었다고 생각했는데 진심으로 그와 함께 있는 시간을 좋아했다. 누구보다 말이 잘 통했고, 그와 있을 때 가장 많이 웃었다. 아이들과 넷이 함께 있을 때 가장 행복했다. 아이들을 위해서도 아니고 남편을 위해서도 아니다. 내가 원해서 선택하고 있었다는 것을 알게 됐다. 그걸 알고 나니 마음에 남아 있던 미묘한 불편함이 사라졌다.

그렇다고 해서 모든 마음이 편해진 것은 아니었다. 아이들에게 더 좋은 환경을 만들어주지 못하는 것 같다는 생각이 들면 마음이 무거워졌다. 그래서 법사님께 그 이야기를 꺼낸 적이 있었다.

법사님은 잠시 생각하시더니 말했다.

"아이들은 당연히 더 해달라고 하지요. 그런데 그걸 다 들어줄 필요는 없어요. 엄마는 여기까지 해줄 수 있다고 말하면 됩니다. 너무 미안하면 일을 더 하든지, 아니면 엄마의 행복도 중요하다고 솔직하게 말하면 돼요. 아이들 원하는 건 다 해주고 싶고, 일은 더 하기 싫으면 그건 욕심이지요. 지금처럼 살아도 괜찮아요. 엄마가 행복한 게 가장 큰 교육이에요."

그 말을 듣고 나니 마음이 조금 가벼워졌다.

어느 날 남편이 친구들을 만나고 들어오며 말했다.

"친구들 만났는데 다들 애들 때문에 힘들다, 스트레스 받는다 그런 얘기만 하더라. 우리 집은 조용한 날보다 시끄러운 날이 더 많지만, 같이 떠들고 웃고 싸우기도 하고, 그렇게 사는 게 사람 사는 거 아니겠어?"

남편은 돈이 많고 집이 넓은 것보다 네 식구가 같이 웃고 떠들며 사는 게 더 중요한 것 같다고 말했다. 그리고 우리 생각보다 괜찮게 살고 있는 것 같다고 하며 웃었다.

나는 같이 웃으며 손에 들고 있던 컵만 괜히 만지작거렸다. 저녁을 먹고 나면 소파에 네 식구가 붙어 앉아 이불 하나를 나눠 덮고 있던 시간들, 남편 무릎 위에 아이들이 번갈아가며 앉아 이야기를 쏟아내던 밤들, 아무 이유 없이 웃음이 터지던 순간들이 떠올랐다. 나는 더 좋은 조건이 아니라, 우리 네 가족이 함께 있을 때 마음이 편안해지는 이 삶을 살기로 했다.

끝에서 나는 삶을 만났다

6

나를 뒤로 미루지 않는 선택

유튜브를 보다가 한 장면이 내 생각을 붙잡았다. 화면은 지나가고 있었는데 나는 한참을 그 장면에서 멈춰 있었다.

"나는 아이들을 위해서 열심히 살았고요. 남편 뒷바라지도 열심히 했어요. 그래서 자식들이나 남편에게 미안한 건 없어요. 다른 사람에게도 미련은 없어요. 그런데 내 자신에게 너무 미안해요. 나에게 해준 게 하나도 없어요."

영상이 끝났는데도 그 말이 계속 남아 있었다.

하루를 돌아보면 해야 할 일은 끝이 없었다. 남편의 식사를 챙기고, 아이들을 챙기고, 퇴근 후에는 밀려있는 집안일을 했다. 그런데 내가 하고 싶은 건 언제든 나중에 해도 되는 것처럼 늘 뒤로 밀려 있었다. 나도 이대로 가면 나에게 미안한 사람이 될 것 같았다.

로스팅 수업을 신청했다. 그토록 배우고 싶었던 로스팅을 배우는 데 몇 년이 걸렸다.

작은 카페 안에 넓게 퍼지던 커피 향을 맡으며 로스터기 앞에 섰다. 막상 시작해 보니 어려운 일도 아니었는데 나는 왜 그렇게 오래 망설이고 있었을까 하는 생각이 들었다. 그 순간 이상하게 마음이 울컥했다. 나는 못했던 게 아니라 하지 않고 있었던 거라는 생각이 들었다.

"현정 쌤, 수업 시작해볼까요?"

선생님의 말에 고개를 끄덕였다. 손끝에 힘을 주자 버튼이 눌렸다. 낮게 울리는 소리와 함께 드럼이 천천히 돌아가기 시작했다. 원두가 안에서 굴러가는 소리, 올라오는 열기, 퍼지는 냄새. 그 자리에 서서 한동안 그걸 보고 있었다. 나는 더 이상 내가 하고 싶은 것을 뒤로 미루지 않았다.

아침마다 커피를 내렸다. 늘 마시던 커피지만 조금 다르게 느껴졌다. 며칠 전, 평소라면 한 번 더 생각했을 가격의 원두를 사왔다. 봉투를 여는 순간 향기로운 커피 향이 올라왔다. 원두를 갈고 물을 붓고, 천천히 떨어지는 커피를 바라봤다. 잔을 들어 한 모금 마셨다. 입가에 잔잔한 미소가 떠나지 않았다. 예전 같으면 사치라고 생각했을 텐데 그날은 나에게 건네는 선물 같았다.

식탁에 접시를 올릴 때도 예쁜 접시는 늘 아이들 앞에 놓아주고 나는 남은 것을 집어 들었다. 덜 예쁜 것, 편한 것, 그런 게 내 자리였다. 요즘은 다 주고 나서 남는 걸 쓰는 게 아니라 처음부터 내 것도 챙겨본다.

밤에 누워 하루를 떠올리면 아침에 걸었던 길, 커피 향, 글을 쓰던 시간, 식탁 위에서 터지던 웃음이 조용히 남아 있었다. 나는 나중이 아니라 지금, 나를 조금 먼저 두기로 했다.

7

행복은 같은 모양이 아니다

아침마다 아이들을 깨운다. 같은 하루의 시작이지만 아이들은 달랐다.

첫째는 7시에 일어났다. 눈이 덜 떠진 채 비틀거리며 나와 찬물로 세수를 하고 책상 앞에 앉았다.

연필을 먼저 쥐고 학습지를 펼쳤다. 한 장, 한 장 빠르게 써 내려갔다. 다 끝내고 나면 책을 펼쳐놓고 시계를 한 번 보았다. 아직 시간은 남아 있었다.

학교가 끝나면 바로 놀고 싶어서였다. 내가 조금이라도 늦게 깨우는 날이면 방문이 벌컥 열렸다.

"엄마! 왜 7시 넘었는데 안 깨웠어!"

미간이 잔뜩 찌푸려져 있었다.

"어, 미안해. 시간이 그렇게 된 줄 몰랐어."

사과를 하다가도, 어떤 날은 나도 모르게 목소리가 커졌다. 지각도 아닌데 왜 그렇게 화를 내냐고. 그럴 때마다 알람 맞추고 혼자 일어나라고 말하지만, 다음 날도 아이는 나를 기다렸다. 아침에 엄마가 깨워주는 그 순간이 아이에게는 행복한 순간 중 하나였다.

둘째는 침대에서 자고 있었다.

7시 30분에 알람을 맞춰놓고도 바로 일어나지 않았다. "5분만…"을 몇 번이나 반복하다가 7시 50분이 돼서야 간신히 몸을 일으켰다. 그리고는 나를 불렀다.

"엄마, 한 번만 안아줘."

침대 위에 앉아서 한참을 안고 있었다. 이미 눈은 다 떴는데도 아이는 쉽게 떨어지지 않았다.

"잘 잤어?"

"응. 엄마 나 지금 너무 행복해."

같은 집인데, 아이들의 아침은 다르게 시작됐다.

첫째에게 물어봤다.

"하윤이는 늦게까지 자서 행복하대. 우리 하린이는 일찍 일어나서 준비 다 해놓는 게 더 좋아?"

아이는 바로 대답했다.

"응. 나는 할 일 안 해놓고 가면 계속 신경 쓰여. 그러면 놀지도 못하잖아."

그 말을 듣고 나서야 알았다.

같은 하루를 시작해도 편한 자리는 다르다는 걸.

남편에게 전화를 걸어 아침 이야기를 전했다.

아이들은 각자 좋아하는 모습으로 아침을 시작하고 있으니 우리도 좋아하는 방식으로 하루를 잘 보내자고 말했다.

전화를 끊고 나서 사과를 꺼내 땅콩잼을 듬뿍 올려 먹었다. 그리고 커피를 내려 텀블러에 담아 출근 준비를 했다.

예전에는 같은 방향으로 가야 한다고 생각했었다. 같은 속도로 살고 비슷한 목표를 가져야 한다고 생각했다. 어쩌면 내가 생각해 놓은 행복의 모양을 기준으로 다른 사람의 삶을 바라보고 있었는지도 모르겠다. 이제는 그 기준을 내려놓고 각자의 방식으로 하루를 살아가고 있다.

생각이 나를 끌고 갈 때

새벽 4시 50분, 알람이 울렸다. 눈을 뜨고도 바로 일어나지 못했다. 이불 안에서 몇 초를 더 버티다가 겨우 몸을 일으켰다. 108배를 하기 위해 바닥에 무릎을 대고 앉았다. 이마를 바닥에 붙였다가 다시 일어났다. 한 번, 다시 한 번. 몸을 접었다 펴는 동작이 반복됐다.

처음에는 남편 때문이었다. 살아야 한다는 마음 하나로 시작했었다. 밤에는 운동하며 성당에 가서 기도하고, 아침에는 절을 하면서 어디에든 매달리고 싶었다. 그런데 시간이 지나면서 조금 다른 마음으로 절을 하고 있었다.

고개를 숙이고 있다가 문득 올라오는 생각을 떠올려보았다.

왜 저렇게 했을까.

왜 나만 이렇게 해야 할까.

그 생각이 올라오는 순간, 다시 이마를 바닥에 붙였다. 내가 옳다고 붙잡고 있던 마음이 천천히 내려오는 느낌이 들었다.

그 시간 속에서 알게 된 것이 있었다. 생각은 계속 만들어지지만, 붙잡지 않으면 흘러간다는 것. 감정도 마찬가지였다. 올라오는 것을 막을 수는 없었지만, 따라가지 않을 수는 있었다. 생각에 끌려갈 것 같을 때면 속으로 짧게 말했다.

'3초 안에 할 수 없으면 망상.'

그리고 손바닥을 한 번 탁 쳤다. 몸을 먼저 움직였다. 물을 마시고, 창문을 열고, 걸레를 들고 바닥을 닦았다. 생각에서 빠져나오려고 애쓰는 게 아니라 몸을 먼저 현재로 데려왔다. 그러면 방금까지 머릿속을 채우고 있던 일들이 조금씩 멀어졌다.

저녁이 되면 아이들과 운동을 나갔다. 인라인을 신고 일어섰다. 처음에는 서 있는 것조차 어려워 누군가의 손을 잡고

끝에서 나는 삶을 만났다

겨우 균형을 잡았었다. 몇 번이나 넘어지고, 다시 일어섰다. 그 과정을 반복하면서 알게 되었다. 처음에는 어려웠지만 반복되는 연습 속에서 몸이 기억하듯 마음도 반복하면 달라질 수 있다고 믿었다.

하루를 돌아보면 특별한 일은 없었다. 다만 생각이 나를 괴롭힐 때마다 멈추고, 알아차리고, 다시 돌아왔다. 그렇게 하루를 보냈다. 크게 달라진 것은 없어 보였지만, 시작과는 분명 달라져 있었다.

4장 나는 다시 살기 시작했다

결국은 사랑과 감사

인스타그램을 통해 알게 된 '치유의 꽃'님은 『1년 뒤 오늘을 마지막 날로 정해 두었습니다』라는 책을 보고 장문의 글을 남겼다. 그 글 중에 이런 문장이 있었다.

"내 생의 마지막이 이렇게 눈부신 봄날이라면 너무 행복할 것 같아요. 떨어지는 벚꽃 잎처럼 흩날려 사라지면 좋겠어요."

감사와 사랑을 알아차리고 실천하는 방법을 늘 이야기하던 언니는 정말로 벚꽃이 흩날리던 날, 꽃잎처럼 사라졌다.

일주일에 한 번씩이라도 안부를 묻고 지내던 사이였다. 오산과 부산의 먼 거리였지만 마음은 늘 가까이 있었다. 언니는 나에게 특별한 사람이었다. 그리고 나도 언니에게 조금은 특별한 사람이었을 거라고 생각했다.

하지만 장례식장에서 깜짝 놀랐다. 언니는 나에게만 특별했던 사람이 아니었다. 그곳에 모인 사람들 모두에게 언니는 같은 사람이었다. 생일을 챙기고, 힘든 일이 있으면 몇 시간씩 전화를 하고, 꽃을 보내고, 음식을 보내고. 투병 중이라 먹지도 못하면서 다른 사람 먹으라고 망고를 보내고 고기를 보냈다고 했다.

언니는 마지막까지도 누군가를 사랑하며 살고 있었다.

장례식장을 다녀오는 기차 안에서 창문에 비친 내 얼굴을 오래 바라봤다. 오늘은 언니가 그렇게 살고 싶어 했던 하루였을 것이다. 그렇다면 나는 오늘을 어떻게 살아야 할까.

기차가 지연된다는 안내 방송이 계속 나왔다. '대전역 사고'라는 말을 듣고 휴대폰으로 검색을 했다. 선로에 있던 사람이 열차와 충돌해 심정지 상태로 병원에 이송 중이라는 뉴스였다.

누군가는 살고 싶어도 살지 못하고, 누군가는 버거워서 삶을 놓는다. 같은 하루인데 누구에게는 마지막이고 누구에게는 또 다른 선택이었다.

나는 창문에 비친 나를 다시 바라봤다. 나는 살아 있었다.

살아 있다는 것이 무엇인지 그날 오래도록 생각했다.

내릴 역을 지나쳐 종착역까지 가버리고, 다시 버스를 타고 집으로 돌아오니 새벽 두 시가 넘었다. 예정 시간보다 두 시간이 지나 있었다. 시간이 지나도 삶은 무엇인지 답을 찾을 수는 없었다.

다만 그날 이후로 조금은 분명해졌다.

삶은 애써 잘 살려고 노력해야 하는 것이 아니라 그냥 오늘을 살면 되는 것이라는 생각이 들었다. 내일을 걱정하고, 과거를 후회하면서 시간을 보내기에는 오늘이 너무 아까웠다. 슬프면 슬픈 대로, 기쁘면 기쁜 대로, 아무것도 하기 싫은 날이면 아무것도 하지 않는 날로 살아도 되는 것 같았다.

캠핑을 갔던 어느 날 밤, 가족과 함께 〈3일의 휴가〉라는 영화를 봤다. 영화를 보고 나서 우리는 만약 내일이 마지막이라면 무엇을 후회할지, 서로에게 무엇을 해주고 싶은지 메모지에 적어보았다.

아이들은 울면서 글을 썼고, 남편은 멋쩍은 표정으로 조용히 글을 적었다. 종이에 적힌 말들은 거창한 것이 아니었다. 미안하다는 말, 고맙다는 말, 다음에는 그러지 않겠다는 말, 더 같이 있어 주겠다는 말.

그 종이를 보면서 알았다. 우리가 미루고 사는 것들은 대부분 거창한 것이 아니라는 것을. 사랑한다는 말, 같이 있어주는 시간, 들어주는 것, 웃어주는 것. 그런 것들이었다.

911 테러 당시 마지막 문자 메시지를 모아 분석했다는 글을 본 적이 있다. 마지막 순간 사람들이 보낸 문자 메시지는 대부분 같았다. 사랑한다는 말, 고맙다는 말, 함께하고 싶다는 말.

삶의 마지막 순간에 남는 것은 결국 사랑과 감사뿐이라는 생각이 들었다.

남편이 암 진단을 받았을 때도 마찬가지였다. 미움이나 원망은 하나도 떠오르지 않았다. 사랑한다는 말을 더 많이 하지 못한 것, 더 안아주지 못한 것, 그게 아쉬웠다.

그래서 지금은 미루지 않는다. 사랑한다는 말을 미루지 않고, 고맙다는 말을 아끼지 않는다. 아침에 집을 나갈 때는 현관 앞에서 꼭 뽀뽀를 하고, 잠에서 깬 아이들은 꼭 안아준다. 그리고 침대에서 내려오며 제일 먼저 나에게 말을 건다.

"날마다 새로운 날입니다. 감사합니다."

나는 오늘도 그렇게 하루를 시작한다.

생각을 보기 시작했다

글을 마무리하며 가장 크게 느낀 것은 감사와 연결이었습니다.

처음의 시작은 단순했습니다. 책 한 권이라도 읽어보자는 마음이었습니다. 그렇게 시작한 독서는 모임으로 이어졌고, 강의를 듣고 새로운 사람들을 만나며 작가라는 삶에까지 닿게 되었습니다. 기록하며 지난날을 돌아보니, 삶은 결과로 완성되는 것이 아니라 하루하루가 쌓여 만들어진다는 것을 머리가 아닌 마음으로 알게 되었습니다.

남편의 치유 또한 같은 자리에서 시작되었습니다. 모든 것을 버리고 전혀 다른 삶을 살아야 한다고 생각했지만, 결국 변화는 하루하루의 선택 속에서 차곡차곡 쌓여갔습니다. 주어진 상황을 그대로 받아들이는 데서 멈추지 않고 한 걸음 나아가고자 했던 마음은 좋은 분들과의 연결로 이어졌고, 그렇게 4년의 시간을 지나올 수 있었습니다.

처음부터 끝까지 혼자인 것 같았지만, 돌아보니 단 한 번도 혼자였던 적은 없었습니다. 표현하지 못했을 뿐, 늘 드러내지 않고 저를 응원하고 있었고 이해하고 있었습니다. 저는 그 위에서 한 걸음씩 나아가고 있었습니다.

저는 여러 가지 상황을 탓하며 원망하고 미워하는 데 시간을 보내기도 했습니다. 하지만 시간이 지나고 보니, 그 안에서 누구보다 치열하게 각자의 자리에서 최선을 다해온 가족들이 보였습니다. 저만 애쓰고 있다고 생각했지만, 우리는 서로 다른 방식으로 각자의 삶을 살아내고 있었습니다. 누구보다 저를 뜨겁게 응원해주는 가족에게 감사한 마음을 전합니다.

제가 하자는 대로 묵묵히 함께해 준 남편, 엄마가 하는 일

에필로그

이라면 무엇이든 응원해 주는 아이들에게도 깊이 감사의 마음을 전합니다. 그리고 저의 모든 배움의 순간마다, 나아가는 길에 함께해 주신 분들께도 진심으로 감사드립니다.

이 글을 통해 제가 전하고 싶었던 것은 특별한 답이 아니라 작은 변화의 시작입니다. 삶은 거창하게 바뀌지 않아도 괜찮습니다. 지금을 바라보는 시선이 조금 달라지는 것, 그 작은 변화만으로도 삶은 다른 방향으로 흐르기 시작합니다.

저는 여전히 미숙하고, 여전히 흔들립니다. 불안과 걱정도 여전히 저를 찾아옵니다. 하지만 이제는 그것들이 저의 하루를 모두 가져가지 않도록 알아차리며 살아가고 있습니다.

이 글이 여러분에게 하나의 작은 질문이 되었으면 좋겠습니다.
그리고 그 질문이 여러분의 삶을 조금씩 바꾸는 시작이 되기를 바랍니다.
지금 이 순간, 여러분의 삶이 가장 중요한 이야기입니다.

끝에서 나는 삶을 만났다

부록

나를 돌아보는 페이지

이 책을 여기까지 읽었다면

당신도 잠시 멈춰

자신의 삶을 돌아보고 있을지도 모른다.

우리는 대부분

무슨 생각을 하며 사는지,

어떤 감정으로 하루를 보내는지

제대로 알지 못한 채 살아간다.

그냥 바쁘게 하루를 보내고

피곤하면 잠들고

다음 날 또 같은 하루를 산다.

그래서 이 페이지들은

무언가를 잘 쓰기 위한 페이지가 아니라

잠시 멈춰

나를 바라보기 위한 페이지다.

천천히,

솔직하게,

누구에게 보여주지 않아도 되는 글을

적어보면 된다.

1. 나는 어떤 생각을 자주 하는 사람인가

사람은 같은 상황에서도

각자 다른 생각을 하고,

그 생각 때문에 다른 감정을 느끼고,

그 감정 때문에 다른 선택을 하며 살아간다.

그래서 우리의 삶은

상황보다 생각의 영향을 더 많이 받는다.

아래 문장을 읽고

나에게 해당되는 것에 체크해보자.

비교형 생각

나는 다른 사람보다 뒤처진 것 같다 ☐

다른 사람은 잘 사는 것 같다 ☐

나는 왜 이 정도밖에 안 될까 ☐

SNS를 보면 괜히 기분이 가라앉는다 ☐

부록 나를 돌아보는 페이지

미래 불안형 생각

평생 이대로 살 것 같다 ☐

돈 못 벌면 큰일 난다 ☐

지금 선택 잘못하면 끝이다 ☐

늦은 것 같다 ☐

자기 부정형 생각

나는 원래 의지가 약하다 ☐

나는 꾸준히 못 한다 ☐

나는 잘하는 게 없다 ☐

나는 뭘 해도 안 될 것 같다 ☐

완벽주의형 생각

완벽하게 준비되면 시작해야 한다 ☐

아직 실력이 부족하다 ☐

더 배우고 시작해야 한다 ☐

제대로 못 하면 시작하기 싫다 ☐

끝에서 나는 삶을 만났다

무기력 회피형 생각

해도 달라질 것 같지 않다 ☐

어차피 안 될 것 같다 ☐

그냥 편하게 살고 싶다 ☐

아무것도 하기 싫은 날이 많다 ☐

책임 과잉형 생각

내가 해야 한다 ☐

내가 참아야 한다 ☐

내가 더 노력해야 한다 ☐

부탁하는 게 어렵다 ☐

체크 후 적어보기

나는 ＿＿＿＿＿＿＿＿＿＿＿＿＿＿ 생각을 자주 하는 사람이다.

또 나는 ＿＿＿＿＿＿＿＿＿＿＿＿＿＿＿＿ 생각도 자주 한다.

사람은 한 번에 한 가지 생각만 하는 것이 아니라
여러 가지가 뒤섞인 생각을 하는 경우가 많다.
중요한 것은
어떤 유형이 맞고 틀린 것이 아니라
나는 어떤 생각을 자주 하며 사는 사람인지
알아차리는 것이다.
그것을 알아차리는 순간부터
우리는 같은 상황에서도
조금 다른 선택을 하며 살 수 있게 된다.

끝에서 나는 삶을 만났다

2. 생각에서 빠져나오는 연습

우리는 하루 종일 생각 속에서 산다.

그 생각이 사실인지 아닌지도 모른 채

그 생각을 믿고, 걱정하고, 괴로워한다.

하지만 어느 순간 알게 되었다.

떠오르는 생각은 내가 아니라는 것을.

생각은 계속 만들어지지만

붙잡지 않으면 지나간다.

지금 나를 힘들게 하는 생각은 무엇인가.

그 생각은 사실인가,

아니면 내 머릿속에서 만들어진 이야기인가.

생각을 멈추려고 애쓰기보다

몸을 움직이면

생각에서 조금 빠져나올 수 있다.

삶은 생각 속에 있는 것이 아니라

지금 움직이고 있는 이 순간에 있다.

부록 나를 돌아보는 페이지

3. 오늘의 감정 돌아보기

하루를 돌아볼 때
우리는 무엇을 했는지를 먼저 떠올린다.
하지만 더 중요한 것은
오늘 어떤 마음으로 살았는지다.

오늘 하루, 내가 가장 많이 느낀 감정은 무엇인가.

왜 그런 감정을 느꼈을까.

그 감정이 올라왔을 때 나는 어떻게 행동했을까.

감정을 알아차리는 순간
삶은 조금 달라지기 시작한다.

끝에서 나는 삶을 만났다

4. 하루를 돌아보는 다섯 가지 질문

하루가 끝날 때
이 다섯 가지 질문만 스스로에게 해보자.

내가 원하는 것은 무엇인가.

오늘 가장 많이 느낀 감정과 생각은 무엇인가.

그 생각은 사실이었을까, 아니면 내 생각이었을까.

그 생각과 감정이 올라왔을 때 나는 어떤 행동을 했을까.

생각과 감정이 올라왔을 때 다른 행동을 한다면 어떤 행동을
할 수 있을까.

부록 나를 돌아보는 페이지

5. 감사 기록 페이지

삶이 힘들 때
상황을 바꾸는 것보다
감사를 찾는 것이
하루를 더 따뜻하게 만들어주기도 한다.

오늘 감사한 일 세 가지

미래의 감사한 일 세 가지

오늘 나에게 칭찬 한 가지

끝에서 나는 삶을 만났다

6. 내가 좋아하는 것

우리는 해야 하는 일은 많이 알고 있지만

내가 무엇을 좋아하는지는 모르는 경우가 많다.

내가 좋아하는 것들을 적어보자.

내가 좋아하는 시간

내가 좋아하는 장소

내가 좋아하는 사람

내가 좋아하는 일

내가 하면 기분이 좋아지는 것

부록 나를 돌아보는 페이지

나는 앞으로 어떻게 살고 싶은가.

우리는 결과로 사는 것이 아니라
방향으로 산다.
완벽하게 살지 못해도 괜찮고,
가끔 흔들려도 괜찮다.
다만 내가 원하는 방향을 잃지 않고
오늘을 살아가면 된다.
오늘을 어떻게 살았는지가
결국 우리의 삶이 된다.

끝에서 나는 삶을 만났다